DOUTOR ARRASA-CORAÇÕES

KATHRYN M. HEARST

Copyright © 2020 Doctor Heartbreaker by Kathryn M. Hearst & Cocky Hero Club, Inc.
Direitos autorais de tradução© 2020 Editora Charme.

Todos os direitos reservados.
Nenhuma parte desta publicação pode ser reproduzida, distribuída ou transmitida sob qualquer forma ou por qualquer meio, incluindo fotocópias, gravação ou outros métodos mecânicos ou eletrônicos, sem a permissão prévia por escrito da editora, exceto no caso de breves citações consubstanciadas em resenhas críticas e outros usos não comerciais permitido pela lei de direitos autorais.

Este livro é um trabalho de ficção.
Todos os nomes, personagens, locais e incidentes são produtos da imaginação da autora.
Qualquer semelhança com pessoas reais, coisas, vivas ou mortas, locais ou eventos é mera coincidência.

1ª Impressão 2021

Produção Editorial - Editora Charme
Photo Credit - Daniel Rengering
Photographed by - CJC Photography
Adaptação da capa e Produção Gráfica - Verônica Góes
Tradução - Wélida Muniz
Preparação - Monique D'Orazio
Revisão - Equipe Charme

Esta obra foi negociada por Brower Literary & Management.

FICHA CATALOGRÁFICA ELABORADA POR
Bibliotecária: Priscila Gomes Cruz CRB-8/8207

H436d	Hearst, Kathryn M.
	Doutor Arrasa-Corações / Kathryn M. Hearst; Tradução: Wélida Muniz; Revisão: Equipe Charme; Adaptação da capa e Produção Gráfica: Verônica Góes; Preparação: Monique D'Orazio Campinas, SP: Editora Charme, 2021. Projeto: Cocky Hero Club, Inc. 208 p. il. Título original: Doctor Heartbreaker
	ISBN: 978-65-5933-011-9
	1. Ficção norte-americana | 2. Romance Estrangeiro - I. Hearst, Kathryn M. II. Muniz, Wélida. III. Equipe Charme. IV. Góes, Verônica. V. D'Orazio, Monique. VI. Título.
	CDD - 813

www.editoracharme.com.br

Editora Charme

DOUTOR
ARRASA-CORAÇÕES

Tradução: Wélida Muniz

KATHRYN M. HEARST

Dr. Arrasa-Corações é uma história independente inspirada no romance *Amante Britânico*, de Vi Keeland e Penelope Ward. Faz parte do universo de Cocky Hero Club, uma série de romances originais, escritos por várias autoras e inspirados na série de bestsellers do *New York Times* de Vi Keeland e Penelope Ward.

CAPÍTULO 1

Emily

O que café morno, favas e encontro às cegas têm em comum?

Todos estão no topo da lista das dez coisas que eu menos gosto. Sério, café morno é nojento. Favas me deixam louca. Os grãos são achatados e largos e, bem, esquisitos.

E encontros às cegas? Será que alguém gosta mesmo de ser arranjado com um completo estranho? Já fui a uma meia dúzia dessa afronta à humanidade. Todos terminaram eu tendo que ir ao banheiro, para enviar a mensagem de socorro de praxe para a minha salvadora me ligar com uma emergência inventada.

Infelizmente, eu não podia escapar do desastre dessa noite, não quando o encontro duplo era com a dona do lugar em que eu estava ficando e o marido dela. Além de alugarem o apartamento acima da garagem para mim, os Hogue eram os meus únicos amigos em Rhode Island.

— Parece que você está planejando uma fuga. — Bridget esticou a mão em cima da mesa e apertou a minha. — Relaxe e tente se divertir. Rhett é um cara legal.

— É o que você diz. — *Rhett. Aff.* Cresci na casa ao lado da de um cara chamado Rhett. Ele sacudiu o meu mundo antes de arrasar com ele, e também comigo, no processo. Quando crianças, éramos melhores amigos. Namoramos no ensino médio e fomos para a mesma faculdade. Infelizmente, quando o nosso relacionamento acabou, o mesmo aconteceu com a nossa amizade.

Bridget se inclinou por cima da mesa para chamar minha atenção.

— Emily?

— Desculpa. Eu estava viajando. — Ri para disfarçar a vergonha. — Não costumo sair com médicos.

Ela ergueu o ombro.

— Nem eu, até que me casei com um.

— Ok, mas o Simon não é um médico típico. — Eu não queria dizer aquilo em voz alta, mas o maridinho da Bridget era mais do que um pouco agradável aos olhos. O homem fazia modelos de roupa íntima se envergonharem. E, para coroar a aparência, ele era um ótimo pai, um médico talentoso e um humanitarista dedicado.

— Não, ele não é o típico nada. — A expressão de Bridget ficou toda melosa, e logo ela se sacudiu para fora daquele estupor induzido pelo amor. — O que tem contra médicos? Você trabalha com eles quase que diariamente.

— Correção. Meu trabalho exige que eu implore para que eles tratem crianças doentes quase que diariamente. — Beberiquei o café morno e fiz careta. — Nem todos, não tenho problemas com as médicas. Elas costumam ser mais pé no chão.

Bridget me lançou um olhar duvidoso.

— Parece um pouquinho com sexismo reverso, mas concordo.

Prendi a atenção dela. Agora, tudo o que eu precisava era trazê-la para o lado obscuro da força.

— Tenho uma teoria.

— Vá em frente.

Inclinando-me para mais perto, baixei a voz.

— Você já notou que quase todos os médicos que aparecem na televisão são gatos?

Ela arqueou uma sobrancelha.

— Acho que isso dá aos médicos comuns uma sensação superestimada de valor próprio. Na realidade, a *maioria* deles são caras que não pegavam ninguém na época da escola. Isso não inclui o Simon, é claro.

Bridget engastou com o chá gelado. Acenando a mão na frente do rosto, ela disse:

— Você está certa. A maior parte dos médicos do pronto-socorro têm o carisma de um papel-toalha, mas, para ser justa, a faculdade de medicina é bem competitiva. Simon disse que perdeu muito da experiência da faculdade por estar com a cara enfiada em um livro.

Lembranças indesejadas de outro cara, que sempre estava ocupado com as provas, piscaram na minha mente. É claro, depois descobri que Rhett não estava ocupado demais para engravidar uma loira oxigenada enquanto dizia que estava estudando. Se parar para pensar, tudo se resumia a prioridades, e eu não era a dele.

— Não é comum o Simon se atrasar. — Bridget olhou para trás, em direção à porta. — Rhett deve ter ficado preso no hospital.

Olhei a hora no meu celular.

— Não posso ficar muito tempo. Preciso me encontrar com a família que recebeu a Paola.

Nos últimos quatro anos, tenho trabalhado para uma organização sem fins lucrativos que é especializada em enviar médicos, e outros voluntários, a áreas remotas do mundo para montar clínicas temporárias. Umas duas vezes ao ano, trago para os Estados Unidos crianças doentes que precisam de assistência médica capaz de lhes salvar a vida. Paola, uma menina colombiana de cinco anos, era um desses casos.

Bridget me deu um sorriso animado.

— Estou tão feliz pelo Memorial ter aceitado doar a cirurgia e o pós-operatório. Simon e eu amamos muito o voluntariado com a Healing Hearts no ano passado. Estamos ansiosos para sair em outra missão médica em breve.

— Ah, sim. Mais férias exóticas passadas em um país do terceiro mundo — uma voz masculina, com um forte sotaque britânico, interrompeu a conversa.

— Você está atrasado. — Bridget ficou de pé e abraçou o marido.

— Desculpa, amor. A cirurgia do Rhett acabou sendo longa. — Simon a beijou na testa antes de se virar para mim. — Onde vai ser dessa vez, Em? Ouvi dizer que a Antártica é muito legal na primavera.

— Só se você quiser cuidar de pinguins e focas — ironizei.

Simon atirou a cabeça para trás e riu enquanto me puxava para um abraço.

— Como está indo o novo caso?

— Ótimo. Paola está acomodada com a família anfitriã. Ela teve a primeira consulta com o dr. Dickson ontem. Só estamos esperando pelo resultado dos últimos exames, e a cirurgia vai acontecer.

— Bom saber. Pedi muitos favores para que isso se concretizasse. — Ele deslizou para o lugar ao lado da esposa. — É um trabalho importante esse que você está fazendo.

— Obrigada. — Eu amava o meu trabalho. Viajar pelo mundo e ajudar a salvar crianças doentes não era para os fracos. As horas de trabalho eram quase tão ruins quanto o pagamento, mas valiam tanto a pena. Exceto por uma viagem ou outra, eu trabalhava de casa. O arranjo perfeito para quem criava um filho sozinha.

Bridget cutucou Simon nas costelas.

— Onde está Rhett? Não me diga que ele deu para trás.

Simon passou a mão pela nuca.

— Estacionando, e eu não diria exatamente que ele *deu para trás*.

— O que isso quer dizer? — Ela estreitou os olhos.

— Eu não contei para ele que era um encontro duplo. — Ele deu um sorriso tímido. — Você sabe que ele é antiencontros.

Vi a mentira por omissão de Simon como a saída perfeita para essa situação desconfortável. Armando um espetáculo para olhar a hora, falei:

— Droga. Sinto muito por ter que ir embora, mas preciso mesmo dar uma olhada na Paola antes que fique muito tarde. — Sem falar que eu queria dar uma olhada na minha filha antes de ela ir para a cama.

Bridget se virou e me lançou uma daquelas expressões de "corta essa" das enfermeiras.

— Pensei que você tinha dito que iria *ligar*.

— Você sabe como é. As famílias anfitriãs são incríveis, mas elas precisam de muito apoio e orientação. As crianças estão sem os pais e em um país estranho. Não falam a língua. Cara, a cidadezinha da Paola não tem nem eletricidade. Sempre tem um período de ajuste. — Meio de pé, terminei o meu café agora gelado.

— Ele vai chegar a qualquer segundo. — Bridget franziu a testa entre Simon e mim. — Tem certeza de que não pode ficar só o suficiente para conhecê-lo?

— Talvez da próxima vez.

— Antes que eu me esqueça, deixa eu te dar o nome e o número da gerente de risco do hospital. Ela precisa que você assine uma papelada, que deve ter derrubado uma floresta inteira, antes que o Dickson possa fazer a cirurgia. — Simon passou o dedo pela tela do celular.

Peguei a caneta e o caderninho na minha bolsa.

Ele me olhou como se asas tivessem brotado nas minhas costas.

— Você não salva os números no celular?

— É mais fácil se eu mantiver os detalhes do caso em um único lugar. Além do mais, registro meus pensamentos e experiências aqui.

— Ah, então é um diário.

— Um *diário de bordo*. Diários são coisa de adolescentes e meninas apaixonadas. Mantenho informações sérias aqui. Um dia, pretendo escrever um livro sobre o meu trabalho. — Fiz um gesto para ele transmitir a informação.

Um homem falou por detrás de mim:

— Você não vai acreditar no babaca que estava no estacionamento. Ele me deu uma fechada e depois me ameaçou, como se tivesse sido eu quem acelerou para roubar a vaga.

A voz profunda e suave como uísque me acariciou das orelhas aos dedos dos pés, e todo o caminho de volta.

Meu encontro às cegas tirou a minha bolsa do assento, entregou-a para Bridget e escorregou pelo banco sem nem olhar na minha direção. Fazia eras que eu não me deparava com um homem com uma voz daquelas.

Fiquei muito intrigada.

Fiz um balanço do meu encontro às cegas. Cabelo escuro, corpo legal; musculoso, mas não muito volumoso. Do que eu podia ver, ele tinha uma boa sombra de barba na mandíbula forte. Até mesmo sua arrogância teve algum efeito em mim, mas guardei o veredito até dar uma olhada nos olhos dele. Afinal, os olhos eram as janelas da alma.

— Vou querer salmão grelhado, risoto e salada de espinafre. — Ele fez o pedido sem nem se dar o trabalho de olhar para mim. Em vez disso, reclamou com o casal: — O filho da puta lá fora teve a coragem de me ameaçar depois de ele quase bater na lateral do Jeep.

Simon riu, mas Bridget fez cara de quem tinha tomado leite estragado.

— Umm... — Fiquei parada lá como uma idiota, esperando Simon me dar o número para que eu pudesse ir embora. Não importava como o cara era. Eu tinha zero respeito por qualquer um que tratasse os atendentes como se eles fossem cidadãos de segunda classe. Sério, que tipo de homem não se dava o trabalho de olhar alguém nos olhos para pedir a comida?

O tipo que merecia molho de cuspe no peixe.

Meu suposto encontro finalmente olhou para mim.

Aqueles penetrantes olhos castanhos como chocolate. A linha rígida da mandíbula. A cicatriz que dividia a sobrancelha... *a mesma cicatriz que dei a ele na sexta série.* O fato de eu estar de pé na frente de dois médicos era uma bênção, pois meu coração parou de bater.

Correção. Um médico e um destruidor de esperanças e sonhos.

Ai, meu Deus. Quais eram as chances? Sonhei com esse momento pelos últimos dez anos, ou, mais precisamente, tive pesadelos com ele. O café frio azedou no meu estômago, e os músculos na minha nuca enrijeceram. Se eu não fosse embora agora, acabaria com uma enxaqueca.

— Você não trabalha aqui? — Os olhos dele se arregalaram uma fração enquanto me olhavam da cabeça aos pés.

— Ela não é a garçonete, cara. É uma amiga nossa. — Simon sacudiu a cabeça.

A boca de Rhett abriu e fechou várias vezes antes de ele finalmente conseguir falar:

— Desculpa. Eu vi o bloquinho e a caneta e presumi que você fosse a garçonete.

Ele não me reconheceu? É claro, ele não me via há anos, mas nós crescemos juntos. Porra, ele tirou a minha virgindade no primeiro ano na Auburn. Eu não podia fazer aquilo. Não podia ficar ali com Rhett. Passei tempo demais me assegurando de que nunca mais o veria para estragar tudo só por causa de um encontro idiota.

Virando-me para o casal, forcei um sorriso.

— Foi ótimo ver vocês de novo, mas tenho que ir.

Bridget olhou entre Rhett e mim.

— Café amanhã?

— Claro. — Peguei minha bolsa com ela.

— Fique e beba alguma coisa, pelo menos. — Simon franziu a testa. Era óbvio que ele não tinha conseguido notar meu colapso iminente. Apontando para Rhett com a cabeça, ele disse: — Emily, esse é Rhett Hammond. Rhett essa é Emily...

— McCabe. — Cortei o que ele dizia e enfiei a mão na frente do rosto de Rhett. — Emily McCabe.

CAPÍTULO 2
Rhett

Emily McCabe? Conheço Emily Elizabeth *Daniels* desde a quarta série, mas, Deus, ela cresceu desde a faculdade. O cabelo escuro estava mais longo. Os olhos pareciam mais azuis, e as curvas estavam muito mais destacadas.

Memórias da última vez que pus os olhos nela voltaram com a força de um tsunami. *Caralho, Emily Daniels, meu primeiro e único amor.*

— *É um prazer te conhecer,* srta. McCabe. — *Qual era a do sobrenome novo?* Ela poderia ter se casado nesses últimos dez anos, mas não ouvi nada sobre o assunto. Nossas mães ainda são vizinhas de porta em um bairro de casas planejadas nos arredores de Atlanta e fofocavam como duas garotinhas.

— A você também. — Ela ergueu o queixo e estreitou os olhos, a mesma merda de expressão que ela costumava fazer para mim desde criança. Eu a irritei. De novo.

Em minha defesa, fiquei sem fala ao ver Emily pela primeira vez desde que quebrei nossos corações. Agora que o meu cérebro teve a chance de reiniciar, não pude deixar de imaginar por que ela estava fingindo que não me conhecia.

Emily me ignorou e fez um gesto de cabeça para Bridget.

— Até amanhã. Às onze?

O desejo esmagador de mantê-la ali por mais tempo me deixou chocado pra caralho. Não tinha feito muito mais do que olhar para outra mulher desde o meu divórcio, mas essa era Em. *Minha Em. Tínhamos uma longa história e anos de conversa para pôr em dia.*

— Fica mais um pouco, faço questão. — Arrastando-me mais para o final do banco, fiz sinal para Simon e a esposa. — *É óbvio que esses dois armaram alguma coisa.*

— Culpado, camarada. — Simon sorriu. — *Srta. McCabe? Não quer ficar mais um pouco?*

Bridget deu uma cotovelada nas costelas dele, como se revidando por ele ter provocado Emily por causa do sobrenome falso.

Deus, espero que seja um sobrenome falso.

Emily trocou o peso de um pé para outro.

— Tenho mesmo que ir.

Eu não podia permitir que ela saísse do restaurante e arriscar esperar mais dez anos para vê-la novamente.

— Vou te acompanhar até o carro.

A cor foi drenada do rosto dela.

— Não precisa.

É claro que precisa, cacete. Não sabia que tipo de joguinho era o dela, mas pretendia descobrir.

— Não se preocupe. Eu só vou me certificar de que o idiota que me fechou não tenha arranhado meu carro com a chave.

— Preciso ir ao banheiro. — Ela se virou tão rápido que quase perdeu o equilíbrio.

A julgar pela falta de pratos na mesa, era capaz de Emily não ter jantado. Ela sempre teve problemas com hipoglicemia. Lá em Auburn, ela deu um novo significado para a expressão *cara feia para mim é fome.*

Fiquei de pé para ir atrás dela, mas Bridget colocou a mão no meu braço. No segundo em que olhei para ela, soube que eu tinha um problema. A enfermeira Hogue era conhecida no hospital por ser osso duro de roer. Embora eu soubesse que ela tinha um lado mais brando, não queria correr o risco de acabar na lista de personas non gratas dela.

— O que está acontecendo? Vocês dois se conhecem? — perguntou Bridget.

— Pode-se dizer que sim. — Apontei para o banheiro com a cabeça. — Vou me certificar de que ela está bem.

Bridget balançou a cabeça e adicionou um pouco de dureza *à* voz:

— Não sei qual é o problema, nem é da minha conta, mas eu daria alguns minutos a ela.

Simon passou a mão pela nuca.

— Ela está certa. Passamos duas semanas na selva com a Emily no ano passado. Eu a vi dando ordens à equipe médica em um minuto e segurando a mão de uma criança moribunda no minuto seguinte, mas nunca a vi chateada desse jeito.

— Vocês estão certos. — Resistindo ao desejo de usar a cartada do *eu a conheço há mais tempo*, me larguei no assento e apoiei os antebraços na mesa. A realidade de que éramos estranhos me bateu como uma paulada na cabeça.

A garçonete veio e pegou nosso pedido, mas entre a fuga de Emily, a cara feia de Bridget e o tamborilar dos dedos de Simon, acabei perdendo a fome.

Depois do que pareceram horas, Simon finalmente questionou:

— Você pretende nos contar o que está acontecendo ou vai nos deixar adivinhar?

Sem tirar os olhos do tampo da mesa, respondi:

— Nós crescemos juntos. Fomos para a mesma faculdade. Eu era jovem e estúpido e fodi com tudo.

Bridget olhou de mim para o banheiro feminino.

— Vou ver se a Emily está bem. Com licença.

Embora a esposa estivesse fora do campo de audição, Simon baixou a voz:

— Fodeu com tudo ou fodeu por aí?

Massageei a testa para afastar a dor de cabeça.

— Eu não traí a Emily. Estávamos dando um tempo quando eu conheci a *Lila*.

Ele se retesou como se eu tivesse lhe dado um tapa.

— Porra.

— *É. Eu não vi nem falei com Emily desde quando ela descobriu que a Lila estava grávida.*

Eram poucas, e preciosas, as pessoas que sabiam sobre como minha ex-mulher entrou na minha vida, mas contei o básico para Simon.

Conheci Lila, também conhecida como *MentiLila Patológica*, no meu segundo ano na Auburn. Depois de uma festa de fraternidade regada a muita bebida, acordei nu ao lado dela sem me lembrar muito das atividades que levaram à falta de roupa. Não é preciso dizer que eu dei o fora de lá.

Dois meses depois, Lila anunciou nas redes sociais que *nós* íamos ter um filho, e minha vida mudou para sempre.

— A Emily deve ter te reconhecido. Ela deu um sobrenome falso — disse Simon.

Meu coração acelerou.

— *Era* falso?

— E eu lá sei. Ela usa Emily Daniels profissionalmente. — Ele inclinou a cabeça. — Dê a ela algum tempo para se recuperar do choque.

— Eu poderia escrever uma carta. — Eu precisava desanuviar as coisas. Que jeito melhor de fazer isso do que provocando Simon com o próprio relacionamento dele?

Ele riu.

— Diga o que quiser, mas aquelas cartas mudaram a minha vida.

Quando Simon e Bridget estavam saindo, ele escreveu uma carta para ela expressando o seu desejo de levá-la para a cama. Deu certo. O filho da puta sortudo transou *e* conseguiu se casar com a garota. Não que eu tenha a intenção de me casar novamente. Nunca mais.

Casei. Tive a experiência. Tenho cicatrizes para provar. Mas... seria bacana colocar a conversa em dia com a Em.

Bridget voltou para a mesa, olhou rapidamente para mim e cruzou os braços.

— Ela não estava no banheiro. Uma das garçonetes disse que deixou uma mulher sair pela entrada de serviço há alguns minutos.

Ergui as mãos.

— Não era minha intenção assustar a Emily ao ponto de ela ir embora. Não a vejo há dez anos.

— Pelo bem dela, talvez seja melhor você ficar longe. — Ela suspirou e se sentou. — Emily está trabalhando em um caso difícil. Ela precisa de foco.

— Caso? Que tipo de caso? — *Ela era advogada? Médica?* Até onde eu sabia, ela largou a faculdade depois do que aconteceu com Lila.

— Em trabalha para a Healing Hearts — revelou Bridget, como se eu devesse saber de que merda ela estava falando.

Minha paciência se esticou feito um elástico. Se não me controlasse, ela iria arrebentar.

— Que é...?

— *É tipo Médicos sem Fronteiras. São especializados em cardiologia pediátrica, mas tratam crianças com diversas doenças potencialmente fatais —* respondeu Simon.

Meu estômago azedou. Mesmo não reconhecendo o nome da organização, me lembrei da discussão sobre um tratamento *pro bono* para uma criança com um grave problema cardíaco congênito. Fui contra o hospital doar uma cirurgia tão delicada. Não que fosse má vontade minha com a criança. Minha decisão foi baseada em preocupações mais práticas. Já que a cirurgia aconteceria fora dos protocolos normais, nem o seguro por responsabilidade civil dos médicos nem o do hospital cobriria quaisquer processos legais. O potencial de desastre financeiro para a equipe médica era enorme.

— Diga que não se trata do caso de tetralogia de Fallot com atresia pulmonar. — Eu me preparei para a discussão que estava por vir. Simon e Bridget se uniram para fazer o conselho do hospital concordar com o tratamento da criança. *Não ajudou* nem um pouco o fato de a criança em questão ter a mesma doença do filho recém-nascido de um ator famoso. O hospital viu o caso como uma oportunidade de sonhos para a publicidade.

— O nome da menina é Paola, e ela vai morrer sem a cirurgia — disse Bridget, mãe de três filhos. É claro, ela tinha coração mole para crianças em necessidade. Uma vez, eu também tinha um, mas ele endureceu quando perdi tudo de bom e precioso na minha vida.

Simon ergueu as mãos e fez um gesto de T.

— Tempo. Antes que essa discussão fique mais aquecida, vamos concordar que discordamos dos méritos do Hospital Memorial ao aceitar a garotinha. — Bridget e eu fizemos que sim.

Ele abriu um sorriso meio idiota.

— *É. Emily é a responsável da Healing Hearts* que está supervisionando o tratamento da Paola.

Puta merda. Nem fodendo eu ia conseguir falar com ela agora. Passei os últimos oito anos evitando toda e qualquer coisa relacionada à cardiologia pediátrica. Envolver-me com Em, mesmo em uma amizade descontraída, iria me colocar bem no centro de um lugar em que eu não poderia estar, não se desse valor à minha sanidade.

CAPÍTULO 3
Emily

Do lado de fora do restaurante, o ar fresco da Nova Inglaterra funcionou melhor do que um tapa na cara para me tirar da sessão de surto-induzido-por-Rhett. Eu teria que dar algumas explicações quando encontrasse Bridget para o café, mas essa seria a saída mais fácil se comparada à alternativa: passar outro segundo olhando para o homem que, sozinho, arruinou a minha vida.

Em vez de pagar para ver se ele viria procurar por mim no estacionamento, engrenei o carro e dei o fora dali. Só que não fui para a casa de Bridget e Simon. Busquei um *drive thru*, para pegar uma boa dose de gordura e carboidrato, e estacionei em um local bem iluminado. O que posso dizer? Sou a rainha da comilança por estresse.

A comida ajudou a me acalmar, mas eu precisava de outro tipo de conforto. Precisava falar com as duas pessoas mais importantes da minha vida.

Minha mãe atendeu no segundo toque.

— Oi, Emily. Pensei que você não fosse ligar hoje.

— Desculpa pela hora. O casal com quem estou ficando me arranjou um encontro. A Zoe ainda está acordada? — Enfiei um punhado de batata frita na boca para me impedir de dar qualquer informação de mão beijada. Minha mãe nunca tinha entendido por que eu me esforçava tanto para evitar tudo relacionado ao Rhett.

— Ela está assistindo *Frozen* pela centésima vez. Falta quinze minutos para acabar. Tempo o bastante para você me contar sobre esse encontro arranjado. — Minha mãe era uma dádiva de Deus. Ela fechou a casa e se mudou para a Flórida para me ajudar nos primeiros anos de maternidade solo. À medida que Zoe crescia, minha mãe se dividia entre Atlanta e Orlando para me ajudar quando eu viajava a trabalho. No entanto, ela era uma reconhecida fofoqueira, e sua *colega de fofoca* preferida era ninguém menos do que a sra. Sarah Hammond, mãe do Rhett.

— Não há nada para contar. Ele se atrasou mais de uma hora, pensou que eu fosse a garçonete e não se deu o trabalho de olhar para mim quando ladrou o pedido. — Vivi um momento de puro terror ao imaginar minha mãe retransmitindo a informação para a sra. Hammond. *E se Rhett ligar para ela? E se nossas mães compararem informações? Ele tem que ter me reconhecido. Não?*

— Espero que você tenha jogado o rapaz para escanteio. — Ela suspirou. — Sei que você deve se sentir solitária às vezes, mas aguente firme, meu amor. Há um homem por aí que foi feito especialmente para você.

Já conheci dois homens assim, mas um partiu o meu coração e o outro morreu no Afeganistão antes de Zoe nascer. No entanto, eu sabia que era melhor não discutir.

— Obrigada, mãe. Sabe... você deveria pedir para algumas das suas amigas de Dado de Ouro te arranjar um coroa gato. O papai já morreu há um tempo. Você deveria começar a sair.

Ela riu.

— Não seja boba. O que eu faria com um homem na idade que eu tenho? Além do mais, tenho toda a companhia de que preciso com você e Zoe.

Eu entendia a relutância dela para ter encontros melhor do que ninguém. A perda do meu pai acabou com ela.

Mas não podia evitar me sentir culpada por tirar tanto do tempo livre dela.

— Preciso ir ver a família anfitriã da Paola. Alguma esperança da Zoe-lander pausar o filme e falar comigo?

A culpa do apelido esquisito era do meu pai. Ele odiava o nome Zoe, tanto que se esforçava para falar errado ao esticar a pronúncia do o, como em Joe, ou chamar o meu bebê não nascido de zo-ei.

As primeiras palavras que ele disse quando a enfermeira a colocou nas mãos dele foram: "Como você está, Zoe-lander?" Nem preciso dizer que o apelido pegou.

— Acho que ela está sentindo mais a sua falta do que o normal. Hoje à tarde, eu a ouvi contar sobre o seu emprego para os amigos.

Meu coração soltou uma lasca.

— Eu também estou com saudade dela.

— Um minuto.

O som de um farfalhar veio pelo telefone antes de a voz da minha filha preencher a linha.

— Mamãe! Advinha só o que aconteceu na escola hoje.

— Você passou para a terceira série um ano antes? — Ouvir o riso na voz dela derreteu todo o estresse do meu dia. Bem, até eu imaginar os olhos azul-claros brilhando da mesma forma que os do pai dela. Ele está morto há mais tempo do que eu o conhecia, mas, às vezes, eu sentia muito a falta dele.

— Não, sua boba. — Ela bufou. — A McKenzie me convidou para o aniversário dela. Vai ter menino lá.

E é assim que começa. Fingi um arquejo.

— Não é uma festa do pijama, é?

— Mamãe. — Eu quase podia ouvir os olhos dela rolando nas órbitas. — Só meninas podem participar da festa do pijama. Os meninos têm que ir para casa.

— Parece que vai ser divertido. Quando é?

— Daqui a duas semanas. — Ela suspirou. — Você vai estar em casa?

— Acho que não... — Eu me recusava a mentir para a minha filha, mas não podia suportar o desânimo na voz dela. — ... A menos que vá tudo bem com a cirurgia da Paola, então talvez eu consiga escapar por alguns dias.

— Tá...

Já passamos por isso demais no passado para ela acreditar em mim. Eu ainda precisava trabalhar quando as coisas estavam tranquilas. Sempre acontecia algo com os pacientes, ou os médicos, ou as famílias anfitriãs.

Em momentos como esse, me parecia injusto estar longe, cuidando do filho de outra pessoa quando a minha própria filha precisava de mim. Criá-la sozinha era difícil, mas o meu trabalho piorava tudo. Ela merecia um pai maravilhoso. Infelizmente, nunca conheceu o dela.

— Preciso ir. A Anna acabou de virar gelo para salvar a Elsa.

— Bem, dã. Como você pode pensar em dormir sem ver o "felizes para sempre"?

— Eu amo taaaanto esse filme. Elas não precisam dos meninos. Igual a gente, né, mamãe? — Zoe riu. — Eu te amo.

Eu não sabia o que sentir sobre a avaliação que ela fez da nossa vida. Embora eu fosse a favor da independência das mulheres, não podia evitar pensar que ela precisava de uma forte presença masculina.

— Também te amo, Zoe-lander.

Desliguei e me forcei a engolir o hambúrguer frio antes de ligar para verificar Paola e os voluntários.

Um barulho estridente preencheu a linha, seguido por um grito e algo se quebrando.

— Srta. Daniels, graças a Deus. Preciso que você venha agora mesmo.

A Healing Hearts tinha um programa de treinamento de voluntários incrivelmente rigoroso, mas nada, e eu quero dizer nada mesmo, pode preparar uma família anfitriã para a primeira atribuição. Além das barreiras linguísticas, há diferenças culturais, conflitos alimentares, assuntos religiosos e, é claro, problemas médicos com os quais lidar. Ainda pior, nenhuma criança ou circunstância era igual. Não podíamos simplesmente planejar cada cenário possível.

Usei a minha voz profissional para tentar acalmá-la.

— Beverly, preciso que você respire fundo, vá para algum lugar tranquilo e me conte o que está acontecendo.

— Eu não posso sair do quarto, só Deus sabe o que ela vai fazer! — Outra pancada soou através da linha, junto com mais gritos.

— Onde está o seu marido?

— Saiu com os meninos. É noite de poker.

— Ele assinou um contrato se comprometendo a ficar em casa durante as três primeiras noites... deixa pra lá. — Joguei o resto da batata fora e liguei o carro. — Estou a caminho, mas preciso que se lembre do treinamento. Paola tem um problema cardíaco sério. Estresse e atividades indevidos podem fazer com que ela desmaie.

— E isso seria ruim? — A voz da mulher estava quase histérica.

— Agora pode parecer que não, mas é. Seria muito ruim. Como está a cor dela? As unhas, os lábios e a língua estão mais azuis do que o normal?

Na aldeia, Paola era chamada de *chica azul*, ou menina azul. Ela nasceu com cinco anormalidades cardíacas, e uma delas impedia que o sangue alcançasse os pulmões de maneira normal. Como resultado, a boca e as unhas eram azuladas. Ela também era propensa à falta de ar e aos desmaios, entre outras coisas.

— Sim, mas ela parece estar se cansando. — O barulho no fundo se transformou em soluços baixinhos.

— Por favor, tente acalmá-la.

— Vou fazer o meu melhor. — Logo que Beverly disse essas palavras, Paola voltou a berrar.

— Tente ser paciente. Ela passou por muita coisa nesses últimos dias. — Reconheci vagamente a parte da cidade em que estava, mas não tinha ideia de onde Beverly morava em relação à lanchonete. — Preciso desligar para poder colocar seu endereço no GPS, ok? — Ela talvez tenha respondido, mas eu não conseguia ouvir nada acima do caos.

Assim que pus as coordenadas básicas para a casa de Beverly, saí do estacionamento e segui para o oeste. Levei colossais quinze minutos para chegar, mas as luzes das sirenes dos veículos na entrada me disseram que era tarde demais.

Estacionei na rua e fui correndo até a porta da frente.

Beverly me encontrou na porta. Manchas de rímel cobriam o seu rosto, mas eu estava muito mais preocupada com o sangue cobrindo a frente da sua blusa e suas mãos.

— Ai, meu Deus, o que aconteceu? — Olhei em volta da sala e todo o meu corpo foi de quente a frio, e quente de novo. O serviço de emergência tinha prendido Paola na maca. A menina não estava se mexendo.

Fora do ar, ela olhou para si mesma.

— Eu me cortei ao limpar os vidros quebrados.

Pressentindo que eu não conseguiria saber muito mais com ela naquele estado, abri caminho e entrei.

— Oi. Sou a guardiã temporária da criança enquanto ela está no país. Paola tem tetralogia de Fallot com atresia pulmonar. Alguém pode me dizer como ela está?

Uma mulher que não parecia ter idade suficiente para ter se formado no ensino médio, que dirá para se tornar paramédica, virou-se para mim.

— Isso explica os níveis de O2 e o sopro cardíaco que captamos.

— Ela perde a consciência quando fica agitada. — Eu não era profissional da área médica, mas pesquisei o bastante sobre o caso dela para saber o básico. — Ela é paciente do dr. Dickson no Memorial. Eles estão doando os cuidados dela. Ela não tem plano de saúde. Tem como vocês a levarem para lá?

A paramédica balançou a cabeça.

— Normalmente, teríamos que levar a criança para o Providence General. É o hospital infantil mais próximo, mas vou dar um telefonema.

— Obrigada.

Mesmo eu querendo que Paola conseguisse a ajuda necessária, a Healing Hearts não tinha um acordo com o outro hospital. Não só eu teria que encontrar uma nova família anfitriã e explicar a situação para o meu chefe, mas também convencer outro administrador a não cobrar a conta.

Mordendo o lábio inferior, Beverly se aproximou de mim.

— Srta. Daniels, para onde posso enviar minhas despesas médicas e pedir reembolso pelas coisas que a criança destruiu?

— Mande para mim por e-mail que eu encaminho para a central. — Segui os paramédicos, enquanto eles empurravam a maca da Paola para fora da casa.

O marido de Beverly foi correndo até ela e a envolveu em seus braços.

— Meu amor, você está bem? O que aconteceu?

Queria ficar com raiva deles pelo que fizeram com Paola, mas eu entendia que nem todo mundo tinha sido feito para cuidar de uma criança doente. O que não entendi foi a inveja que me atingiu do nada quando o marido de Beverly a abraçou. Eu não podia começar a imaginar como a minha vida seria se eu tivesse um parceiro para me abraçar quando as coisas dessem errado.

Em noites como essa, eu odiava a minha vida.

CAPÍTULO 4
Rhett

Depois do encontro bizarro com Emily na noite anterior, foi bom estar até os cotovelos em uma cavidade torácica. Nada como segurar um coração vivo e batendo para trazer um pouco de normalidade à minha vida.

Pela aparência das artérias, o sr. Smith ou Jones, ou qualquer que fosse o nome do paciente, deve ter tido uma cadeira cativa em cada fast-food da costa leste. Inseri o *stent* e fiz duas pontes de safena nas artérias coronárias. Minha obra daria a ele uma segunda chance na vida, mas eu estava na ativa há tempo suficiente para saber que só prolongaria o inevitável.

— Aposto cem dólares que ele estará de volta dentro de um ano. — Olhei para os rostos mascarados dos residentes e das enfermeiras na sala. — Alguém interessado?

Um jovem que não devia ter saído da faculdade de medicina há mais de um semestre e que certamente não deveria estar na minha sala de cirurgia, disse:

— Eu dou seis meses.

— Você está dentro. — Satisfeito com o meu trabalho, dei um passo para trás. — Dra. Sellers, feche o paciente.

A residente assentiu brevemente.

Eu não precisava ver por baixo da máscara para saber que ela desaprovava o meu senso de humor. A dra. Sellers fazia careta com o rosto inteiro, da testa à mandíbula, do mesmo jeito que outros sorriam.

Outros como Emily Daniels.

Não fui capaz de tirá-la da cabeça desde que ela fugiu do nosso encontro.

Aliás, que merda foi aquela? Posso ter me casado jovem e jurado ficar longe das mulheres depois do divórcio, mas eu não precisava de anos de experiência em primeira mão para saber que o comportamento dela foi estranho.

A maioria das mulheres não fugiria gritando cinco minutos depois de conhecer a pessoa com quem sairia.

Uma batida na janela que separava a sala de cirurgia da área de observação me assustou. Por um incrível e estúpido segundo, pensei que talvez fosse Emily. Mas era o dr. Rivera, o diretor clínico, também conhecido como Chefe, que olhava para mim através do vidro com uma careta que fez a dra. Sellers parecer amadora.

Merda. O que foi agora? Ciente de estar sendo observado, segui à risca o protocolo do hospital ao remover meu equipamento de proteção individual e ao lavar as mãos.

Levei cinco minutos para me limpar, mas Rivera não desistiu. Na verdade, ele pareceu fazer mais careta ainda.

Indo para o corredor, eu o cumprimentei:

— Chefe, a que devo essa visita inesperada?

— Precisam de você na sala de conferência. Agora. — Ele deu meia-volta e marchou para longe sem olhar para trás.

Eu o segui como um bom menino, mas me sentar em uma reunião era definitivamente a última coisa que queria fazer no intervalo entre as cirurgias. Então, percebi. O que quer que estivesse acontecendo devia ser ruim, como ruim em um processo por negligência. Senão, Rivera teria enviado um de seus puxa-sacos para me buscar.

— O que aconteceu?

— Reunião de emergência do Conselho.

Apesar de ter uma passada consideravelmente mais longa do que a dele, eu me vi lutando para acompanhá-lo.

Uma completa humilhação.

Eu o segui até a sala do conselho e hesitei. Mais ou menos uma dezena de administradores de terno e médicos com seus jalecos brancos se viraram e encararam, carrancudos. Não só eu era a pessoa mais nova da sala, mas estava terrivelmente malvestido.

Rivera apontou para uma cadeira vazia no lado mais afastado da mesa.

— Dr. Hammond, sente-se.

O único som na sala eram os meus tênis guinchando sobre o chão superpolido, mas dentro da minha cabeça parecia um circo com três picadeiros. Repassei cada cenário possível que poderia ter levado àquele momento. Resultados ruins para o paciente? Irritei algum familiar? Irritei os funcionários? Ao menos eu não precisava me preocupar com queixas de assédio sexual. Venho mantendo meu pau trancado à chave desde que comecei a trabalhar no Memorial, para grande desgosto das enfermeiras.

— Importa-se se o chamar de Rhett? — Um cavalheiro mais velho, que estava no final da mesa, me deu um sorriso cheio de dentes.

— Não. — Eu me larguei na elegante cadeira de couro.

Ele cruzou as mãos.

— Parece que recebemos algumas reclamações sobre sua conduta com os pacientes, Rhett.

Minha o quê? É claro, eu não era o médico mais amigável dali, mas já conheci piores. Muito piores.

— Acho que não estou entendendo.

Rivera pigarreou para chamar minha atenção.

Eu me virei e encarei uma pilha de três pastas tão cheias de papel que estavam quase estourando.

— Esses são os seus registros pessoais. — Rivera entregou a pasta de cima para a mulher ao lado dele.

Os membros do conselho a passaram pela mesa até ela chegar a mim. Toda a situação me lembrou de quando fui chamado à sala do reitor no meu ano de calouro na faculdade. Uma barulheira por praticamente nada. Ofereceria a mão à palmatória, faria a porra de uma cara feliz e seguiria cuidando das artérias entupidas.

— Essas são pesquisas de satisfação com os seus pacientes. Só mantivemos as discrepantes.

— Discrepantes? — Folheei as páginas.

— Os pontos que estão significativamente abaixo ou acima da média para o seu departamento.

Eu sabia o que era uma discrepância, mas não fazia ideia de que o hospital coletava esse tipo de dados.

— Entendi.

— Oitenta e cinco por cento das suas discrepâncias estão *abaixo* da média — disse o chefe.

Caramba.

— E os outros quinze por cento?

— Vieram exclusivamente de pacientes mulheres. — A expressão de Rivera ficou azeda.

Uma mulher que reconheci como sendo a enfermeira que trabalhava no Controle da Qualidade me deu um sorriso simpático.

— Seus resultados clínicos são incríveis. Sua taxa de sucesso, até mesmo com os casos mais difíceis, é a melhor do estado, possivelmente do país.

Fiz que sim porque eu não tinha ideia do que falar sobre essa porra. Qual é a resposta certa quando um grupo de quinze pessoas lhe diz que você é incrível no que faz, mas que tem a personalidade de um porco-espinho?

A enfermeira do Controle de Qualidade folheou uma pilha de documentos.

— Sua residência e prática inicial foram em pediatria?

— Correto. — Minha coluna ficou rígida com o rumo daquela conversa. Eu não tinha nenhuma intenção de voltar a trabalhar com crianças. Nem agora, nem nunca.

Ela virou mais algumas páginas.

— Suas avaliações de Los Angeles foram excelentes. Na verdade, cada uma delas menciona educação com paciente e interação como pontos fortes. O senhor era mais feliz trabalhando com crianças, dr. Hammond?

Pensei na pergunta como se ela fosse o cano de uma espingarda. Um movimento em falso, e tudo acabaria. Passando a mão pela nuca, eu disse:

— Não é uma questão de sim ou não; não é assim tão simples.

— Então, por favor, explique. — Ela fechou o arquivo e cruzou as mãos.

Eu tinha posto os detalhes dessa parte da minha vida em uma caixa, a envolvi com correntes, tranquei e joguei a chave no mar há muito tempo. Na época, minha ex-mulher e meu terapeuta me acusaram de estar em negação, mas eu não estava. Não podia negar o que tinha feito ou o que tinha perdido. A única forma de seguir em frente era prometendo para mim mesmo que nunca mais faria aquilo.

— Dr. Hammond? — O cavalheiro mais velho, que estava no final da mesa, inclinou a cabeça.

Fortalecendo minha decisão, reuni verdade o suficiente para responder à pergunta.

— Minha filha nasceu com um problema cardíaco. Depois que a perdi, achei difícil consolar outros pais.

Vários membros do conselho arfaram, enquanto outros me deram sorrisos tristes. Odiei a piedade.

Eu me arrastei do fosso do luto há anos. Maldito fosse eu se me permitisse voltar a me enterrar nele.

— Rhett, tanto você quanto o hospital têm um problema com relações públicas — disse Rivera. — Devido ao que acabou de contar, duvido que a solução vá ser fácil, mas é necessária.

Ouvi cada palavra dele. Minha mente voltou no tempo, para uma bebezinha com o coração quebrado. *Minha bebezinha.*

Dor, que pensei ter superado faz tempo, queimou por trás do meu esterno. Se eu estivesse em qualquer outro lugar, teria esfregado o peito até a dor passar, mas eu me recusava a demonstrar fraqueza para esse grupo.

— Como sabe, a Healing Hearts é uma organização internacional. Eles aparecem na imprensa com regularidade. Já que a paciente está na área, devemos honrar nosso compromisso de tratá-la, com ou sem Dickson.

Olhei para Rivera, imaginando que merda eu tinha perdido.

— Cadê o Dickson?

— Torceu o pulso jogando tênis. — Rivera baixou as sobrancelhas. — Você está ouvindo?

De jeito nenhum.

— Estou, claro.

— Ótimo, então você vai pegar o caso. — Ele uniu a ponta dos dedos, apoiou-os abaixo do queixo e me encarou.

Que caso? Ah, merda. Ele está falando da paciente da Emily. A garotinha com o coração seriamente ferrado. Mesmo concordando que a chantagem não-tão-velada fosse forçar Emily a passar um tempo comigo, eu não queria nem chegar perto desse caso.

— Você se lembra de que me opus à decisão do hospital de tratar essa criança por causa dos riscos financeiros e de publicidade?

— Lembro. No entanto, é tarde demais para reavaliarmos.

Engoli um *eu avisei*. Embora ninguém pudesse ter previsto o acidente de Dickson, eu era um crente ferrenho do velho provérbio *quem bondade tem, mil canseiras lhe vêm*.

— Não estou interessado em atender pacientes de pediatria. E, com certeza, há outros cardiologistas pediátricos no quadro que são capazes de fazer a cirurgia.

Uma mulher de jaleco branco, que a marcava como médica, fez que sim.

— Vários de nós adoraríamos uma oportunidade dessas, mas nenhum de nós tem experiência reparando anormalidades estruturais tão profundas.

O prognóstico parecia desfavorável quando examinei as notas preliminares sobre o caso, mas ouvir a preocupação nas vozes acabou atiçando a minha curiosidade. Não, eu não queria ser tragado para essa merda, mas talvez pudesse encontrar uma forma de o hospital salvar as aparências.

— Gostaria de olhar o registro médico da criança antes de me comprometer.

— Pode ficar à vontade para revisá-los, mas, independentemente das suas descobertas, o Memorial tem que realizar a cirurgia. — Isso veio do velhote no final da mesa. — As notas à imprensa já foram divulgadas.

Já tive o bastante de política e de bajulação aos deuses das relações públicas para uma vida inteira.

— Com todo o respeito, não é assim que as coisas funcionam. Há diversas razões para uma criança não ser uma boa candidata para uma cirurgia dessas.

— Concordo com o dr. Hammond. Ele tem todo o direito de saber no que está se metendo antes de concordar com a cirurgia — disse a médica.

— Obrigado. — Ao menos uma pessoa na mesa tinha um pouco de bom senso.

— Por nada. — Ela estendeu a mão bem na altura do meu rosto. — Eu sou Dee Delagarza, trabalharei em estreita colaboração com o doutor. Pretendo estar presente em qualquer consulta pré-operatória e ajudarei durante o procedimento.

A julgar pela forma como ela me olhou, eu tinha um problema, e ele não tinha nada a ver com a cirurgia. Dee Delagarza gostou do que viu. Pior ainda, ela não parecia o tipo de mulher que aceitava ouvir não como resposta.

CAPÍTULO 5

Emily

Os hospitais dos Estados Unidos estavam entre os melhores do mundo. No entanto, eles pisavam feio na bola em um aspecto importantíssimo: as cadeiras que disponibilizavam para os visitantes eram algo saído direto de um manual de tortura medieval.

Até mesmo na pediatria, onde os pais dormem com frequência, as poltronas reclináveis eram um horror. Passei a maior parte da noite virando e revirando no estofamento, que parecia concreto envolvendo um buraco de geleia. Mas, olhando pelo lado bom, pelo menos a trouxeram para o Hospital Memorial.

Tudo o que precisava agora era tentar passar o dia sem dar de cara com Rhett. O pensamento me deixou mais fria do que o cobertor fino como papel que as enfermeiras me deram na noite anterior. Desde o fiasco do encontro às cegas, eu não tinha parado de pensar nele. Rhett estava bonito, bonito pra caramba, mas havia algo diferente nele. Era como se uma luz tivesse se apagado dentro dele.

— Como ela está? — Bridget enfiou a cabeça no quarto.

Eu me sentei e torci a cintura para aliviar a tensão na lombar.

— Dormindo, ainda não passou o efeito da medicação que deram para ela.

— Você está péssima. — Ela me entregou um copo fumegante de energia líquida, e eu não estou falando da água suja que eles servem na cantina. Bridget foi até o carrinho de café chique perto da loja de presentes.

— Você é uma deusa entre as mulheres. — Beberiquei a benevolência cafeinada.

Rindo, Bridget foi até o monitor ao lado da cama de Paola e observou os sinais vitais.

— Teve alguma sorte na procura por uma nova família anfitriã?

Aff. A lembrança de Beverly pirando arruinou o meu momento feliz.

— Meu chefe ainda está fazendo ligações, mas parece que vamos dormir em um hotel pelo resto da estadia dela nos Estados Unidos.

Ela olhou para trás.

— Ela é bem-vinda para ficar com você na minha casa. Sei que a suíte da garagem não é elegante, mas pode dar certo.

Mesmo eu sendo grata pela oferta, Bridget e Simon ficavam muito ocupados com o filho adolescente e as gêmeas em idade pré-escolar.

— Obrigada, mas, depois do incidente da noite passada, não acho que seja uma boa ideia.

— E um hotel é? — Ela se virou para me olhar. — Temos uma casa cheia de brinquedos. Você pode fazer a comida que ela está acostumada a comer, e o quintal é cercado. E mais, fica a poucos minutos do hospital.

— Parece melhor do que um hotel, ou do que viver no meu carro com uma criança de cinco anos. — Minha cabeça latejava com a minha pulsação. Agora não era uma boa hora para ter dor de cabeça.

— Por que você moraria no carro com uma criança? — Rhett Hammond entrou no quarto e me lançou aquele mesmo sorriso de derreter a calcinha que ele me dava na época da faculdade.

Algumas coisas nunca mudavam. Seu sorriso e sua falta de habilidade de cuidar da própria vida.

Ele estava bonito na outra noite com o jeans e o pulôver, mas o homem ficava um arraso de roupa cirúrgica. O tecido fino abraçava o corpo de Rhett da forma mais fascinante, e foi difícil arrancar meus olhos de cima dele.

— Longa história. — Com medo de ele me pegar olhando, virei em direção a Paola em vez de arriscar confirmar minhas suspeitas. Não queria mesmo ver o sorriso presunçoso naquele rosto *bonito-demais-para-o-bem-dele.*

— Sou todo ouvidos. — Ele cruzou os braços.

Nossa Senhora do bíceps. Eu lutava para encontrar um lugar seguro para o qual olhar, mas nada abaixo do pescoço era uma zona segura. Em vez disso, olhei-o nos olhos.

— O que você está fazendo aqui?

— Trabalhando. — Ele verificou as páginas do prontuário. — Você presenciou a crise de hipóxia ontem à noite?

Meu cérebro titubeou. *Por que ele estava me fazendo perguntas?*

— O quê?

— *Crise de hipóxia* é o termo médico para quando uma criança com a doença da Paola fica azul depois de se agitar. — Rhett me encarou, provavelmente esperando que eu somasse um mais um. Ele teria que esperar por um bom tempo, porque eu não fazia a mínima ideia do que estava acontecendo.

— Eu sei. O que não estou entendendo é a razão de você estar aqui. Cadê o dr. Dickson? — Levantei a voz antes de poder me impedir. Lancei um olhar preocupado para Paola, mas a menina dormia profundamente.

Rhett acenou como se descartasse minha preocupação.

— Ele torceu o pulso em algum acidente.

— Que tipo de acidente? — Olhei para Bridget, esperando que ela pudesse lançar uma luz sobre a situação, mas ela encolheu os ombros.

Ótimo. *Maravilha.*

Aproximando-se da cama, Rhett murmurou baixinho:

— Como se eu soubesse dessa merda.

— Olha a boca, por favor. Ela é uma criança.

— Uma criança que não fala inglês. — Ele sorriu, todo presunçoso.

Mesmo que ele tivesse razão, eu não estava no humor para escolher minhas batalhas. Queria lutar todas.

— Sim, mas crianças aprendem rápido. Não temos ideia de quais palavras ela vai aprender.

Bridget se virou e deu toda a atenção a ele.

— Estou confusa. Por que você, entre todas as opções, vai tratar a criança? Você não atende pediatria.

Rhett olhou para todos os lados, menos para Bridget.

— Na verdade, sou cardiologista pediátrico com registro de qualificação de especialista no Conselho e tenho experiência com pacientes com quadros severos de tetralogia de Fallot.

Eu duvidava de que Rhett fosse mentir sobre algo assim, mas ele com certeza estava escondendo alguma coisa.

— Como médico dela, preciso saber por que você estava falando sobre dormir em um carro. — Rhett me encarou como um pai esperando por uma confissão.

Não era eu. Eu não violei o toque de recolher, nem bati com o carro, nem comi todos os biscoitos. Só de pensar em comida, meu estômago roncou. Alto.

— Quando foi a última vez que você comeu, srta. Daniels? — A pergunta dele me surpreendeu.

— Agora você é meu médico também?

— Não, a menos que você planeje ter um infarto durante sua estadia em Rhode Island. — A expressão dele suavizou. — Mas você deveria cuidar de si mesma, ou não será capaz de cuidar da nossa paciente.

No decorrer dos anos, ele tinha dito esse tipo de coisas para mim mais vezes do que eu podia contar. Talvez eu estivesse cansada, ou com fome, ou com os dois, mas a lembrança de uma época em que as coisas eram melhores entre nós me fez gostar um pouquinho mais dele.

— A família anfitriã que arranjei para cuidar dela deu para trás. Tenho que encontrar uma alternativa, mas, nesse meio-tempo, poderemos ficar na suíte da garagem de Simon e Bridget.

Ele pressionou o estetoscópio no peito da criança adormecida e se calou. Quanto mais ele ouvia, mais fazia careta.

— Ela não deveria ficar perto de outras crianças. Não poderei fazer a cirurgia se ela pegar algum vírus.

Bridget riu.

— Você está dizendo que os meus filhos são criadouros de germes?

— Estou dizendo que escolas e creches são como placas de Petri gigantes. — Rhett se virou para mim. — Paola vai precisar de cuidados constantes antes e depois da cirurgia.

O tom da voz dele e as rugas na testa me deixaram preocupada. Meu trabalho era cuidar de Paola, mas passei um tempo considerável na Colômbia com ela e com a família. Não só os pais dela confiaram em mim para trazer a garotinha deles para os Estados Unidos, mas também colocaram a vida dela nas minhas mãos.

— Ela está piorando?

— Essa é uma boa pergunta, mas vou precisar fazer alguns exames e solicitar umas tomografias para responder. — Ele olhou de mim para a criança. — Ela está magra demais, e eu gostaria de verificar se os níveis de oxigênio já voltaram ao que eram antes da crise de hipóxia.

Paola podia ser a pessoa que estava doente do coração, mas o meu saltou várias batidas.

Rhett abrandou a voz.

— Não sofra sem necessidade, Emily. Vamos ver os resultados dos exames antes de entramos em pânico.

— Ele está certo — disse Bridget. — A preocupação não te fará bem algum.

— Eu sei. É só que... ela já passou por tanta coisa. — Minha garganta apertou ao ponto de eu mal conseguir falar. — Apesar de tudo, ela é uma criança maravilhosa.

Dando o mesmo sorriso triste que deu quando meu cachorro fugiu, e quando eu reprovei em Química, e quando minha avó morreu, Rhett deu um passo para mais perto de mim.

Eu sabia bem que não deveria voltar a me aproximar desse homem. Ele acabaria me machucando e, dessa vez, eu tinha mais para pensar do que em mim mesma. Mas, quando ele me olhou com aqueles profundos olhos castanhos, eu só queria que ele me abraçasse e me dissesse que tudo daria certo.

A dra. Delagarza entrou feito uma brisa na sala, ostentando o sorriso de uma mulher que tinha acabado de comer chocolate, ou ganhar uma massagem, ou ter feito um sexo muito bom. Talvez os três.

— Srta. Daniels, vejo que já conheceu o dr. Hammond. Ele vai assumir o tratamento da Paola. Mas não se preocupe, ele é conhecido por suas habilidades e sua conduta com os pacientes.

As sobrancelhas de Bridget se ergueram até a raiz dos cabelos.

Rhett cerrou a mandíbula, mas ficou quieto.

E lá estava, nada como um belo tapa de realidade para me lembrar de com quem estava lidando.

Em que merda eu estava pensando?

Dee Delagarza, uma mulher velha o bastante para ser mãe dele, se ela tivesse dado à luz ainda adolescente, puxou Rhett para o canto. Claro, ela falava com ele sobre a cirurgia, mas a médica conseguiu manter algum tipo de contato físico o tempo todo. Pior ainda, ele não se encolheu por causa das apalpadelas e dos apertões despreocupados.

Pagamento da hipoteca, do carro, economizar para a faculdade da Zoe, empréstimos estudantis, Paola. Repassei a lista de razões pelas quais eu não podia largar o meu emprego e sair daquele quarto. Uma coisa era ser forçada a trabalhar com Rhett Hammond. Ser forçada a trabalhar com ele e sua amante ou namorada, ou como quer que ele a chamasse, eram outros quinhentos.

Bridget veio até o meu lado.

— Vou deixar mais lençóis e alguns brinquedos no seu quarto esta noite. Só me avisa quando ela estiver pronta para ter alta.

— Não precisa, enfermeira Hogue. A srta. Daniels e a menina vão ficar comigo — Rhett falou, como se o problema estivesse resolvido, e voltou a conversar com a colega, que estava de queixo caído.

Bridget olhou de um para o outro como se assistisse a um jogo em Wimbledon, só que Rhett tinha jogado a bola para tão longe que precisavam de um mapa para encontrá-la.

Nem por cima do meu cadáver.

Antes de eu poder dizer uma única palavra, Delagarza colocou as mãos na cintura.

— Dr. Hammond, pense nas consequências.

— Quais consequências? — Ele estreitou os olhos.

— Dado a sua atual situação com o conselho, acha que é uma decisão inteligente convidar uma paciente para ficar na sua casa?

O que há de errado com a situação dele com o conselho? Olhei para Bridget, mas, a julgar pela cara dela, ela não sabia mais do que eu. O que era absolutamente nada.

Ele ergueu os ombros.

— Normalmente, eu diria não, mas, neste caso, é o melhor para a paciente.

Delagarza balançou a cabeça.

— Já faz muito tempo que você trabalhou na pediatria. Não se faz esse tipo de coisa.

Rhett apontou para Paola.

— Essa criança está doente demais para ser deixada a cargo de voluntários não-médicos. Presumo que a srta. Daniels tenha treinamento e experiência, mas ela não pode ficar com a menina o tempo todo.

— Então a paciente deveria ficar aqui até a cirurgia — zombou Delagarza.

Parte de mim queria discutir com Rhett, mas eu tinha dois problemas. Primeiro, ele estava certo. Eu tinha uma lista de coisas a fazer do tamanho de um campo de futebol antes da cirurgia. Esperava que o meu chefe encontrasse voluntários qualificados para poder ajudar, mas, se o estado de Paola tinha piorado, a tarefa seria desafiadora. Em segundo lugar, não queria dar a Delagarza a satisfação de concordar com ela.

Rhett sorriu como um homem que acabou de ganhar uma aposta.

— Paola não está doente o bastante para ficar aqui. Se ela tivesse plano de saúde, eu a mandaria para a reabilitação cardíaca.

Delagarza franziu a testa.

— O que isso tem a ver com plano de saúde?

— Tudo, mas é óbvio que você está questionando a minha inteligência. — Ele apontou para mim. — Por que não pergunta à especialista?

Meu couro cabeludo pareceu ter diminuído dois tamanhos. Se eu não conseguisse dormir, tomar mais cafeína e me afastar desses médicos briguentos, acabaria com uma enxaqueca.

— O tratamento dela é doado. Normalmente, a Healing Hearts não pega casos longos. Não temos um trato com o centro de reabilitação.

A dra. Delagarza olhou feio de mim para Rhett.

— Não gosto dessa situação. Isso cruza todo tipo de limite profissional. Se a imprensa descobrir...

— Emily está alugando a minha suíte da garagem. Ela pode levar a criança para a minha casa. Eu trabalho na emergência. Não há conflito de interesse.

Problema resolvido. — Bridget forçou um sorriso.

— Talvez vocês dois possam falar sobre o caso no corredor ou em um consultório? Em qualquer lugar, menos aqui?

Rhett já tinha mencionado sobre o problema de expor Paola a outras crianças. O que significava que Bridget mentiu para encerrar a discussão, e eu a amava por isso.

Rhett deu uma piscadinha, mas a outra médica parecia ter encontrado a metade de uma barata em seu sanduíche.

CAPÍTULO 6
Rhett

Eu não podia deixar passar a chance de forçar Emily a ficar na minha casa por algumas semanas. Se eu fosse o tipo de cara que via o *copo meio cheio*, diria que eu tinha aparecido para salvar o dia. Infelizmente, meu copo furou há muito tempo. Eu era um filho da puta, e sabia disso.

Tive o palpite de que Dee Delagarza seria um pé no meu saco no segundo em que a conheci, mas jamais imaginei que fosse interferir com a minha paciente. As mulheres eram criaturas estranhas.

Até mesmo a mais gentil das vovozinhas se viraria contra você pelas razões certas. Eu não precisava de um doutorado em Psicologia para saber as razões da médica. Ela viu o caso como um meio de me levar para a cama. Delagarza tinha feito do toque casual uma arte. Para não mencionar a proposta sussurrada que ela fez enquanto repassava o histórico médico da Paola.

Não, senhora. Eu não quero me divertir na sala de suprimentos. Muito obrigado.

— Srta. Emily? — A voz aflita de Paola preencheu a sala.

— Está tudo bem. Estou aqui. — Sentando-se na beirada da cama, ela falou com a menina no pior espanhol que já ouvi desde o ensino fundamental. — Como você está se sentindo?

— Muito cansada. — Paola parecia estar congelada, exceto pelos olhos. Eles iam de Em para o soro, para os monitores e finalmente para mim. — Quero ir para casa.

— Eu sei, mas você precisa ficar até que os médicos consertem o seu coração. — A maneira gentil com que Emily acariciou o cabelo para longe do rosto da menina me fez repensar minha decisão.

Esperava tratar a criança com compaixão e distanciamento professional, mas eu não estava preparado para ver Emily cumprindo um papel maternal. Francamente, aquilo bagunçou minha cabeça.

Minha ex-mulher nunca tocou nossa filha desse jeito, nem quando soubemos que Ashlyn nasceu com uma doença cardíaca gravíssima. Na verdade, ela se afastou ainda mais.

O queixo de Paola tremeu.

— Estou com saudade do meu macaco. Mamãe não gosta dele. Ela não vai abraçar meu macaquinho.

Emily ficou tensa por um milésimo de segundo antes de fazer que sim.

— Sua mãe também está com saudade de você.

A menina suspirou, virou a cabeça e encarou a parede.

— Ela disse que está com saudade do macaco de estimação. — Digitei meu último pedido no computador e o salvei no formulário de Paola.

— Desde quando você fala espanhol? — Em me lançou um olhar duvidoso. — Você teve que pegar Língua de sinais como crédito de língua estrangeira para se formar no ensino médio.

— Passei um semestre fora durante a graduação. — Dei o meu melhor encolher de ombros, bastante forçado, palmas para cima, cabeça inclinada, cara de pateta. — Posso fazer os sinais nas duas línguas também.

Paola puxou a manga da blusa de Em e sussurrou:

— Quem é ele?

Fui até a cama dela e ofereci a mão como faria com um paciente adulto.

— Eu sou o dr. Hammond. Vou cuidar de você enquanto estiver aqui. Tente não se preocupar com seu macaco. Eles são animais espertos. Aposto que ele sabe que você está aqui para ficar melhor e está guardando todos os abraços para quando você chegar em casa.

A menina riu.

Emily ficou boquiaberta.

— O que você disse para ela?

Cruzando as mãos nas costas, como os médicos faziam na TV, falei com o tom mais clínico que pude:

— Falei para ela sobre o meu *macaco* e do quanto gosto de B. A. T. E. R. nele. — Emily me olhou feio, mas o curvar nos lábios dela arruinou o efeito.

Dei outro encolher de ombros ridículo.

— O que foi? Eu também gosto de um macaco[1]...

— Não fale. Nem soletre. Não posso mandar a menina para casa com um vocabulário desses. — Ela mordeu o lábio para se impedir de rir, mas não conseguiu.

— Senti falta disso. — A tensão que eu carregava sobre os ombros desde a reunião com o conselho desapareceu.

Ela inclinou a cabeça.

— Do que sentiu falta?

— Da sua risada.

Assim como Paola fez antes, Emily virou a cabeça para a parede.

— Não posso fazer isso com você de novo, Rhett.

Foi o que bastou para que o estresse voltasse.

— Entendo. Só estou tentando desanuviar um pouco as coisas, Em. Estamos trabalhando juntos. Deveríamos ser capazes de ter conversas civilizadas. Vou agir com profissionalismo, prometo.

Vou manter o foco na paciente e seguir Emily no que ela fizer. Por ora. A julgar pela forma que ela tinha me olhado quando entrei, não levaria muito tempo para as coisas entre nós virarem para o lado pessoal.

— *¿Qué es profissionalismo?* — Paola olhou de mim para ela e focou em mim.

Ah, se eu soubesse, garota.

— É como as pessoas se comportam no trabalho. — Ela franziu as sobrancelhas e fez que sim.

— Eu deveria falar com ela sobre o que aconteceu com a família anfitriã. Você me ajudaria a traduzir? — pediu Emily.

— Claro. — Passei a mão pela mandíbula. — Já que vamos falar disso, preciso fazer algumas perguntas sobre a saúde dela.

Ela sorriu e pegou a mão da menina.

---

1   Monkey, no original, pode ser o animal macaco ou, quando é citado pelo Rhett para a Emilly, é no sentido sexual, em referência a pênis. (N.T.)

— Diga que ela não está encrencada, que está segura comigo. Mas preciso saber o que aconteceu com a sra. Beverly.

Paola baixou a cabeça ao ouvir o nome da voluntária. Transmiti o que Em disse e adicionei:

— Você não precisa voltar para lá.

— O monstro comeu as minhas roupas. — A voz dela saiu baixinha e insegura.

O único monstro comedor de roupas que eu conhecia vivia na lavanderia e tinha um apetite insaciável por meias.

— Era uma caixa quadrada?

— Era! A sra. Beverly disse que minha blusa estava fedendo. Ela a deu para o monstro. — Paola deu de ombros. — A sra. Beverly também disse que eu estava fedendo. — Emily me deu um olhar confuso.

— Acho que sei o que aconteceu. Fale sobre a aldeia dela.

Já que Emily esteve lá, ela me deu uma explicação bem detalhada.

— Ela mora nos Andes, a poucas horas de Bogotá. É bem remota. Sem água encanada ou eletricidade, nada de telefones. Tem uma igreja que também serve como escola. Não tenho como entrar em contato com seus pais, a não ser mandando e-mail para o médico dela. Ele envia cartas para eles uma vez por semana.

Fiquei chocado por, nos dias de hoje, nessa era, as pessoas viverem sem o que os americanos consideram necessidades essenciais.

— É limpo, ao menos?

Ela fez que sim.

— As casas são feitas de tijolos de barro com teto de palha, e há uma sala enorme dividida por lençóis. Parece um cenário da National Geographic, mas é surpreendentemente limpa. Duas vezes por dia, a mãe e os irmãos carregam água fresca da nascente para a cabana.

A explicação não fez nada para diminuir minha preocupação.

— Você está ciente de que o dr. Dixon a colocou sob observação obrigatória por duas semanas antes da operação?

— Estou. É basicamente o procedimento padrão para crianças como a Paola.

— Emily suspirou. — Fazem isso para ter certeza de que ela não tenha vermes ou Ebola ou qualquer outra coisa, mas deixa o meu trabalho muito mais difícil.

— Estou vendo, mas é para a segurança da Paola, na verdade. — Podia entender a frustração dela, mas é necessária uma quarentena para certificar de que o paciente não tenha vírus ou parasitas à espreita. Especialmente quando se leva em consideração a longa cirurgia pela qual Paola passaria. — Voluntários mal treinados também não facilitam o seu trabalho.

Emily sorriu.

— O que aconteceu? Por que ela surtou na Beverly?

Engoli o sorriso.

— Parece que ela confundiu uma máquina de lavar com um monstro comedor de roupas.

Emily cobriu a boca, mas o gesto não ajudou nada a esconder, nos olhos dela, que ela tinha achado graça.

— Foi o que aconteceu?

— Sua voluntária disse a Paola que ela fedia e que as roupas precisavam ser lavadas.

— Mas que me... quer dizer, isso não foi muito legal. — Ela se virou para a menina e suavizou a expressão. — Não foi legal ela dizer que você cheirava mal, mas não era um monstro, era uma máquina que limpa as roupas.

Traduzi as palavras de Em e respondi centenas de perguntas sobre lavadoras, secadoras e máquinas em geral.

— Até eu consertar o seu coração, é perigoso para você ficar chateada ou assustada demais. Você entende?

— *Sí.* — A menina encarou as mãos.

Apontei para o equipamento na sala.

— Tudo isso é muito assustador para você, não é?

Ela fez que sim.

— Eu teria menos medo se minha mamãe estivesse aqui.

Olhei para Emily de relance.

— Por que a Healing Hearts não traz os pais para os Estados Unidos?

Nos meus anos como cardiologista pediátrico, observei uma notável diferença nos resultados entre as crianças com pais interessados e as que eram deixadas sozinhas por longos períodos. A política da Healing Hearts de trazer somente as crianças parecia pouco lógica.

— É mais difícil conseguir visto para os adultos, e poucas famílias anfitriãs ficam confortáveis em aceitar os pais em casa. — Ela respirou fundo. — E vamos ser sinceros, somos uma organização sem fins lucrativos. Custaria um dinheirão trazer os familiares também.

— Todas são razões válidas. — Sentei no banco de rodinhas e fui até o lado de Paola igual ao Fred Flintstone. — Não podemos trazer a sua mãe, mas o que você acha de ficar na minha casa com a srta. Emily?

Todo o rosto da menina se animou.

— Você tem um macaco?

Rindo, fiz que não.

— Não, mas tenho um gato e um quarto só para você.

Ela olhou para Emily.

— Podemos ficar com o dr. Hammond?

Emily ergueu uma sobrancelha.

— Ela quer saber se vocês duas podem ficar comigo. — Isso mesmo. Usei uma criança para conseguir o que eu queria, mas, dadas as alternativas delas, minha casa era a melhor opção.

A mulher que eu amava desde que era jovem demais para entender o que era amor revirou os olhos com tanta força que pensei que ela fosse danificar o nervo óptico.

— Pensei que você tinha dito que precisava fazer perguntas médicas a ela.

— É o que pretendo, mas o problema da habitação surgiu. Ela está com saudade de casa e da família.

— Entendi. — Emily suspirou.

Detectei mais hesitação na expressão dela, então decidi falar uma quantidade de bobagem tão grande que ela precisaria de uma equipe de escavação para tirá-la daquele monte de camada de besteira.

— A saúde psicológica é importante para a recuperação. As crianças no estado dela não podem lidar com estresse ou emoções indevidas. Não posso fazer nada quanto ao medo dela de saber que alguém a espetará com agulhas, abrirá sua caixa torácica e fará uma incisão no coração dela, mas, caramba, eu posso, com toda certeza, dar a ela um lugar seguro e confortável para morar antes e depois do procedimento.

Ela ficou boquiaberta.

— E mais, você tem outras responsabilidades. Não pode ficar por perto vinte e quatro horas por dia, nem pode arrastar a menina para suas reuniões.

— Não, seria estressante demais para nós duas. — Ela suspirou. — Você pode passar tanto tempo assim longe dos seus outros pacientes para ficar com ela?

— Não, mas eu conheço alguém que vai amar ter a chance de bancar a vovó por algumas semanas.

— Sua mãe? — Emily fez uma senhora cara de paisagem. Séria, calma e totalmente ilegível.

— O que há de errado com a minha mãe?

— Nada, mas você e eu sabemos muito bem que não há garantias na medicina. Sua mãe tem um coração enorme. É uma boa decisão que ela se apegue?

É uma boa decisão que qualquer um de nós se apegue? Posso sobreviver a outra perda?

Einstein dizia que para cada ação há uma reação igual e oposta. Eu não era nenhum gênio, mas podia ver a reação oposta de eu passar tempo com Paola vindo na minha direção como um trem desgovernado. Levá-la para casa, fazer as refeições com ela e conhecê-la iria me despojar da armadura profissional e me exporia à possibilidade da perda e do luto.

Delagarza estava certa. Estou ultrapassando os limites profissionais. De novo.

— Quer saber? Você está certa. Não se trata de nós. É do que é melhor para Paola. — Emily deu um sorriso tímido. — Faz sentido ficarmos na sua casa. Ela terá acesso ao médico e vai amar a sua mãe.

Parem as máquinas. Ela disse sim?

— Ótimo. Então está tudo resolvido. Seremos colegas de casa. — Eu me virei e expliquei a situação para a menina.

Paola deu um enorme e belo sorriso que iluminou todo o quarto e aqueceu lugares congelados dentro de mim.

Estou ferrado pra caralho.

CAPÍTULO 7
Rhett

— Em que merda eu estava pensando? — Larguei as sacolas de compra na porta da frente e me virei para a coisa mais próxima que eu tinha de um melhor amigo desde que fodi as coisas com Emily na faculdade: Simon Hogue.

— Eu diria que você estava pensando no bem-estar de uma criança doente, mas nós sabemos o que aconteceu. — Rindo, ele carregou as compras até a cozinha.

Eu sabia que Simon estava brincando, mas ele chegou um pouco mais perto do alvo do que eu gostaria.

— Paola não pode lidar com o estresse de ficar com outra família anfitriã ou de dormir em um hotel.

— E a Emily?

Dei de ombros.

— Ela também está muito estressada.

Simon passou a mão pelas minhas bancadas novinhas em folha.

— Esse lugar está ótimo. Pensei que você tivesse enlouquecido por comprar uma casa tão grande, mas gostei do que fez aqui.

— Se eu fizer tudo certinho, ela se pagará sozinha assim que eu começar a alugar os quartos para os residentes. — Comprei a casa colonial de dois andares de um médico que se aposentou e se mudou para a Flórida. Ele a teve por décadas, mas não se deu o trabalho de fazer qualquer reforma, inclusive trocar aquele carpete nojento.

— Ou estou ficando velho ou os residentes estão ficando mais novos. De jeito nenhum eu conseguiria morar com quatro pessoas de vinte e poucos anos.

— Você parece o meu pai falando. — Guardei o resto das verduras e outros perecíveis e fui até a sala de estar. — Posso assumir daqui.

Ele me lançou um olhar duvidoso.

— Tem certeza? É melhor ter vários pares de olhos quando se deixa uma casa à prova de crianças. Quando Bridget estava grávida das gêmeas, nós nos arrastamos pelo chão procurando por coisas que elas poderiam...

Ele continuou falando, mas eu não podia ouvi-lo por causa de um repentino caso de zumbido pulsátil, o som do meu sangue ecoando nos meus ouvidos. Na verdade, eu já deixei uma casa à prova de bebês. Ao contrário de Simon e Bridget, minha esposa na época não tinha qualquer interesse de se preparar para nos tornarmos pais.

— Desculpa, parceiro. — Ele pressionou os lábios. — Foi insensível da minha parte.

— Vem do nada, às vezes. — Contei sobre minha ex-mulher para Simon, mas não entrei em muitos detalhes sobre a nossa filha ou a sua morte.

— Quais são os planos com Emily?

Fiquei agradecido por ele ter trocado para um assunto com o campo menos minado.

— Sem planos. Estou ansioso para colocar o papo em dia. Já passou muito tempo.

— Certo. — Ele coçou a parte de trás da cabeça. — Para isso, a maioria das pessoas sairiam para um café.

— E a maioria dos caras não atormentaria os outros sobre suas vidas e sentimentos. — Peguei as sacolas do chão. — O que vai ser agora? Pintar as unhas dos pés e emprestar roupas?

Rindo, ele ergueu as mãos.

— Desculpa, parceiro. Só estou perguntando porque a minha esposa vai esperar que eu tenha respostas quando chegar em casa.

— Diga a ela que estou tentando ganhar alguns créditos de carma para compensar toda a merda que já fiz na vida.

— É melhor você esperar que os juros sejam compostos.

Em algum momento durante a conversa, Lila, a porra da minha ex-mulher, entrou na *minha* casa como se fosse a dona do lugar.

— Eu achava que os vampiros não podiam atravessar portas sem serem convidados — ataquei.

Ela franziu as sobrancelhas como se tentasse entender o que eu tinha dito. A dita lâmpada se acendeu sobre a cabeça de Lila, e ela bufou.

— Muito engraçado.

Simon fez sinal para a porta.

— Está na minha hora.

Lila, em seus um e oitenta de altura, loira demais, bronzeada demais, maquiada demais, agitou os dedos.

— Não vá por minha causa, gato.

Eu não poderia culpar Simon por ele querer dar o fora dali. Eu também teria enfiado o rabo entre as pernas e fugido, mas não ousaria deixar que ela tivesse acesso aos meus bens. No entanto, precisava que ele ficasse.

— Simon, você se importaria de ficar mais um pouco? Isso aqui não vai levar muito tempo, e tem um caso sobre o qual quero discutir com você.

Ele me encarou como se eu o tivesse ameaçado sob a mira de uma arma, mas fez que sim.

— Claro, parceiro.

Virando-me para Lila, perguntei:

— Que porra você veio fazer aqui?

Lila levou um bom tempo para olhar ao redor do lugar recém-reformado.

— Não entendi por que comprou esse buraco. Quer dizer, parecia que você estava comprando a pior casa a trinta quilômetros do hospital.

— Eu comprei a pior casa a trinta quilômetros do hospital, porque era pelo que eu podia pagar. — *Porque você e o filho da puta do seu advogado sugaram tudo.*

— Ainda é velha e mofada, mas... as reformas ficaram boas. — O olhar dela foi para as bolsas de brinquedos, os cobertores cor-de-rosa e as roupas. — O que é tudo isso? Aquilo é uma babá eletrônica?

— Não é da sua conta. Por que você está aqui?

Ela bufou um suspiro.

— É contra a lei eu vir visitar o meu marido?

— *Ex*-marido. — Caminhei até a porta. — Estou ocupado. Da próxima vez, ligue antes, ou melhor, repasse a mensagem pelos nossos advogados.

Simon respirou fundo e recuou vários passos para longe do *foyer*.

— É importante. — Dessa vez, ela suspirou sem o toque dramático. — Vim pedir um adiantamento da minha pensão alimentícia.

— Não.

— Você não quer nem saber por que preciso do dinheiro? — Os olhos dela se encheram de lágrimas.

Aprendi há muito tempo que Lila tinha perdido a oportunidade de ser atriz de teatro. A mulher podia imitar a maioria das emoções quando precisava, mas aquilo não significava que ela realmente as sentia.

— Não. Aprendi a lição da última vez que você disse que eu tinha atrasado os pagamentos. O seu advogado ameaçou me colocar na justiça. Lembra?

— Foi um mal-entendido. Pensei que fosse um presente. — Ela balançou a mão como se enxotasse um mosquito enorme. — E eu pedi desculpa.

Ela nunca se desculpou por aquilo ou por qualquer coisa da longa lista de mentiras que ela me contou ao longo dos anos.

— A resposta é não. — Desta vez, abri a porta. — Gostaria de poder dizer que foi um prazer te ver, mas *eu* não tenho o hábito de mentir para as pessoas.

Ela estreitou os olhos.

— Quero outro bebê.

As palavras me acertaram em cheio no peito como a porra de um aríete. A última coisa que eu esperava ouvir que aquela mulher precisava era de um outro ser humano que dependesse dela para sobreviver. Caramba, eu nem sequer daria a ela uma recomendação para adotar um bichinho de estimação.

Olhei para trás, para Simon.

O coitado tinha ficado pálido.

— Já faz seis anos, e eu ainda sinto... — disse Lila.

— Oito anos e três meses.

— O quê? — Ela arqueou a sobrancelha.

Baixei a cabeça.

— Já faz oito anos e três meses que Ashlyn morreu.

— Que seja. — Ela fechou a cara. — Eu fui a um especialista. Preciso de uma fertilização *in vitro*, e o meu plano de saúde não cobre o procedimento.

— Não é problema meu. — Fiz sinal para ela ir.

— Como você pode ser tão indiferente? — Ela ergueu a voz.

Parado à porta, rezei para que nenhum dos meus vizinhos conseguisse ouvir aquela conversa.

O tapa de Lila veio do nada.

— Você é um canalha sem coração.

— Nem sempre fui. — Resisti à vontade de esfregar a bochecha dolorida. — Dois anos casado com você me fizeram mudar.

Os olhos da minha ex se arregalaram e ela voltou a erguer a mão. Só que, desta vez, dei um passo em direção à varanda antes de ela me acertar.

— Cuidado, parceiro. — Simon veio até o meu lado.

Agradeci aos céus por ele ter ficado. Se as coisas ficassem mais aquecidas, eu ia precisar de uma testemunha. Aprendi que não deveria tocar nela, mesmo em legítima defesa. Uns anos atrás, ela veio para cima de mim com uma faca de açougueiro. Ao tentar desarmá-la, eu a segurei pelo pulso. Ela pirou e acabou machucada no confronto. Fui preso por violência doméstica. A queixa foi retirada, mas eu não tinha o desejo de tentar o destino.

Mantive a voz calma.

— Lila, estou pedindo mais uma vez que você saia da minha casa, ou eu vou chamar a polícia.

A mulher, cujo objetivo de vida era arruinar qualquer coisa boa na minha, irrompeu em lágrimas como uma atriz de novela.

— Eu vou, mas é por sua culpa que não tenho filhos. Eu te dei meus melhores anos, e você me abandonou.

— Nós nos divorciamos há sete anos e meio. — Encarei o teto da varanda e esperei que ela terminasse a ceninha.

Um pequeno sedan marrom parou na garagem.

Ah, merda. Não. Agora não. Por favor, agora não.

Lila deve ter visto o pânico no meu rosto. Ela olhou de mim para o carro e para mim de novo. Com uma expressão de puro triunfo, ela me abraçou pela cintura, se curvou e se lamentou:

— É culpa sua a nossa filha ter morrido! Você matou o nosso bebê! Você tirou minha garotinha de mim!

Porra.

Arrisquei olhar para o sedan e desejei não ter olhado. Emily estava no banco do motorista, boquiaberta e com as mãos em volta do volante.

Porra, porra, porra.

Eu já deveria saber que não podia ter convidado Emily e Paola para ficarem comigo. Desisti dos relacionamentos. Toda vez que eu tentava, Lila encontrava uma forma de sabotar tudo.

Inferno, eu me mudei do Alabama para a Georgia, para a Califórnia e, finalmente, para Rhode Island para colocar muita distância entre mim e minha ex-mulher, mas ela me seguiu por todo o país. A única coisa em que ela não se metia era no meu emprego. Deus não permita que eu fique desempregado e não possa pagar a pensão alimentícia.

Emily baixou a cabeça, deu ré e saiu da garagem.

O colapso de Lila parou no momento em que o sedan virou a esquina.

— Aquela era Emily Daniels?

— Vá embora agora, Lila.

— Era. — Ela gargalhou. — Ela não tem vergonha de voltar para você depois do que você fez com ela.

Já ouvi o bastante. Mais do que o bastante. Lila tinha ido longe demais.

— E você tem? Estamos divorciados há oito anos, porra. Pare de entrar na minha casa sem bater. Melhor ainda, pare de vir aqui. Daqui em diante, qualquer coisa que você tenha para falar comigo deverá passar por nossos advogados.

A boca de Lila se curvou em um sorriso maligno, lembrando-me do *Grinch*. Porra, eu não ficaria surpreso se ela agitasse os dedos pontudos e deixasse escapar uma risada maníaca.

— Ou o quê?

— Ou eu vou pedir uma ordem de restrição.

Ela estreitou os olhos.

— Você tem uns cinquenta quilos a mais do que eu e ainda tem medo de mim?

Aproximando-me, sussurrei:

— Não é de *você* que eu tenho medo. Agora dá o fora da porra da minha casa.

Ela abriu a boca e a fechou, então se virou e saiu correndo.

— Você não estava brincando quando falou dela. — Simon passou a mão pela nuca.

— Eu não a chamo de *MentiLila Patológica* à toa. — Eu me virei para ele e sorri. — Talvez eu devesse dar o dinheiro a ela.

— Você só pode estar doido.

Esfregando a mandíbula, eu disse:

— Há uma cláusula no nosso divórcio. Se ela voltar a se casar ou se ficar grávida, eu paro de pagar a pensão.

— Legal. — Ele bateu de leve nos lábios. — Eu já a vi em algum lugar, mas não me lembro onde.

— Deve ter sido no hospital. Ela gosta de aparecer e fazer drama quando menos espero. — Minha mente corria rápido o bastante para romper a barreira do som. — O que eu digo a Emily?

— A verdade é sempre a melhor alternativa.

A verdade. Essa era nova. Andando para lá e para cá no chão de madeira, repassei minhas opções.

— Ela parecia meio atarantada.

— Parecia mesmo, e ela está dirigindo. — Ele coçou a mandíbula. — Uma coisa que o casamento me ensinou é que as conversas são mais tranquilas quando os dois tiveram a chance de se acalmar.

— Certo. — Eu conhecia a Emily, ou ao menos costumava conhecer, e era bem menos provável que ela me castrasse depois de ter tempo para pensar. — Boa ideia.

Simon pegou a sacola de brinquedos.

— Neste meio tempo, temos que montar um quarto de menina.

— Talvez seja melhor esperarmos até eu falar com a Em. Não posso devolver as coisas depois de abertas.

Ele bateu a mão no meu ombro.

— Esse é o seu problema, cara. Você vê o copo meio vazio. Seja positivo e coisas boas vão acontecer.

— É sério que você acabou de citar a Oprah?

— Bridget está nessa onda de harmonia kumbaya. — Simon riu. — As mulheres conseguem entrar na sua cabeça. Fazem você ver as coisas por outro ângulo.

— Vide a minha ex-mulher. — Eu o conheci depois que ele se casou com Bridget, então não sei se essa perspectiva cor-de-rosa era natural ou se foi adquirida por osmose.

— Aí vai você de novo com essa negatividade. — Ele balançou a cabeça. — Aposto quinhentos dólares que, se as coisas derem certo com a Emily, o seu problema de conduta com os pacientes será curado.

Se as coisas dessem certo com Emily, muito mais do que o meu resultado nas avaliações iria melhorar. Peguei a minha imaginação adentrando um território perigoso e puxei as rédeas. Em outras palavras, voltei à grosseria.

— Sexo frequente terá o mesmo efeito.

— A curto prazo. — Ele levou a mão ao peito. — Mas o amor de uma boa mulher muda tudo.

Eu gemi.

— Cala a boca e me ajuda com as sacolas.

CAPÍTULO 8

Emily

— Onde eu estava com a cabeça, mãe? Como pude deixar que ele me convencesse a ir morar com ele? — Olhei para fora do banheiro para verificar Paola.

A garotinha estava sentada no meio da cama king, assistindo a um desenho animado em espanhol no *pay-per-view* do hotel. A dez dólares por uma hora e meia de entretenimento, eu ficaria quebrada se não encontrasse logo outro lugar para ficar.

Minha mãe suspirou.

— Sei um pouco do que aconteceu com vocês dois em Auburn, mas gostaria que você me contasse.

Pensei que ela e a sra. Hammond tivessem tido mais do que algumas conversas sobre Rhett e mim no decorrer dos anos, mas nunca fui lá e perguntei, até agora.

— As coisas ficaram sérias entre nós depois que fomos para a faculdade.

— Eu me lembro de ter pensado que havia algo entre vocês quando vieram passar o Natal.

Aquilo foi um eufemismo. Quando chegou dezembro, ele e eu estávamos fazendo tanto sexo quanto possível. Nós batizamos praticamente toda superfície das nossas casas nas duas semanas que estivemos lá.

— Estávamos juntos há pouco mais de um ano, mas terminamos em novembro do segundo ano da faculdade.

— Você se importa se eu perguntar o que aconteceu?

— Foi uma idiotice.

Ela suspirou.

— A maioria das brigas é idiota quando paramos para pensar.

— Eu queria sair, mas ele estava sempre ocupado demais. Ele estava com dificuldade em algumas matérias e dizia que precisava estudar. — Apesar de não falar daquilo há eras, a memória fez o meu peito doer. — Acabamos voltando depois que ele passou nas provas...

— Entendi. — O tom cortante me fez começar a juntar as peças. — Foi mais ou menos na época em que ele ficou noivo, não foi?

— É. Foi.

Ela murmurou alguma coisa bem baixinho.

— Prossiga.

— Duas semanas depois de voltarmos, Lila Jefferies postou que estava grávida em todas as suas redes sociais. — Engoli as emoções que se acumulavam na minha garganta.

— Ah, Emily. Que horror. — A voz da minha mãe falhou. — Por que não me contou isso antes?

Embora ela não pudesse me ver, sacudi a cabeça.

— Não sei. Acho que não queria falar sobre isso. E mais, você é melhor amiga da mãe dele. Eu não queria causar ainda mais sofrimento.

— Então, você largou a faculdade, fugiu para a costa oeste e se alistou no Exército? — Ela deu uma risada meio amarga que soou estranha vinda dela.

— Sim, mas não foi de tudo ruim. Eu conheci o Jake, e nós tivemos a Zoe.

— Verdade, mas fugir nunca foi solução para nada.

— Eu sei, mas eu estava magoada e era jovem e idiota demais para saber como lidar com tudo isso.

Minha mãe ficou quieta.

Voltei a verificar Paola. Ela tinha feito uma cabaninha de cobertas no chão, nada surpreendente, considerando que ela costumava dormir em um palete com lençóis que separavam os irmãos e ela dos pais. Paola levava uma vida bem diferente da das crianças dos Estados Unidos, mas, como qualquer outra criança de cinco anos, nada podia tirar a atenção dela dos desenhos animados.

Ela vai sentir falta da televisão quando voltar para casa.

— Mãe?

— Estou aqui. — Ela respirou fundo. — Você sabe o que aconteceu com Rhett e essa menina?

— Não, mas por que eu tenho a impressão de que você sabe?

Ela ficou quieta de novo.

Olhei para o telefone para me certificar de que a ligação não tinha caído.

— Achei que ele tivesse se divorciado quando apareceu para o encontro às cegas. O que mais eu deveria saber?

— Emily, eu amo você, mas não tenho o direito de contar essa história. Tudo o que posso dizer é que você deveria perguntar ao Rhett o que aconteceu. Isso pode mudar a forma como você o vê.

— Talvez mude. Talvez não, mas vou pensar. — A menos que Lila tenha engravidado de forma imaculada, eu duvidava que saber a verdade fosse mudar alguma coisa. No entanto, havia um tantinho de informação que a minha mãe poderia esclarecer. — Você conheceu a filha dele? Como ela é?

— Ashlyn morreu quando tinha um ano e dois meses. — Minha mãe suspirou como uma mulher que segurava o peso do mundo nas costas.

— Ai, Deus. — Meu coração se partiu por ele. — Eu não sabia.

— Você já estava no Exército na época. Liguei para contar, mas você me cortou no minuto em que citei o nome dele.

Por causa do meu trabalho, eu já tinha visto a minha cota de crianças morrendo e pais em luto, mas sempre mantive uma distância profissional para me proteger. Eu não podia imaginar a dor que era enterrar um filho. A morte de Jake acabou comigo, mas perder um filho? Como alguém podia sobreviver a isso?

Parte de mim desejou ter estado lá por Rhett, mas a parte mais sensata sabia que ele tinha Lila. Eu só teria atrapalhado.

— Obrigada por me contar, mãe. Isso coloca muita coisa sob outro ângulo. Passei muito tempo o odiando, e acabei tendo uma vida muito boa. Rhett... passou por tanta coisa.

— Eu sei, querida. Eu sei. — A voz dela ficou mais suave. — Está se sentindo melhor agora que tirou tudo do peito?

— Não sei se melhor, mas estou feliz por ter desabafado. — Assoei o nariz. Nojento, eu sei, mas era a minha mãe. Ela já me ouviu fazer barulhos piores. — Ver Lila chorando na varanda dele me trouxe um monte de memórias, e nenhuma boa.

— Vou procurar um hotel em Providence. Zoe e eu vamos pegar um voo amanhã.

A dor no meu peito se transformou em preocupação. Amei a oferta, mas eu já tinha lidado com coisas mais difíceis.

— Não precisam fazer isso. Zoe tem a escola, e Paola não pode ficar perto de outras crianças antes da cirurgia.

— Vou pedir uma lista de atividades para a professora da Zoe. Quanto a Paola ficar perto de outras crianças, isso me soa como um monte de bobagem, se quer saber.

— Mãe! — Eu ri, apesar do mau humor.

— Pelo que você contou sobre a aldeia dela, a menina deve ter um sistema imunológico melhor do que o nosso. Rhett sempre foi um pouco ardiloso. Eu não ficaria surpresa se ele tivesse exagerado sobre o risco para te convencer a ficar com ele. — Ela usou o mesmo tom que usava quando Zoe reclamava que um menino da sala tinha puxado o cabelo dela.

Minha mãe nunca diria a mim, ou à neta, que os meninos nos machucam porque gostam da gente. Aquilo ia contra tudo em que ela acreditava. Minha mãe era do tipo que teria uma conversa com a professora sobre estereótipos de gênero e sobre todo mundo ser responsável pelas próprias ações. Assim que falasse o que tinha para falar, ela faria brownies e assistiria a filmes sobre mulheres guerreiras.

Não é de se admirar eu ter fugido e me alistado no Exército quando Rhett me magoou.

— Mãe, me dê alguns dias antes de comprar as passagens. Você me criou para lutar minhas próprias batalhas, lembra?

— Eu sei, mas você sempre fica meio cega quando se trata do Rhett. — Ela baixou a voz. — Você era muito mole com ele quando as coisas estavam boas, e dura demais quando não estavam. Os relacionamentos não funcionam assim, meu bem. Se você juntar o bom e o ruim, vai acabar encontrando o homem de verdade ali pelo meio.

Ela tinha razão. Passei a maior parte da idade adulta evitando Rhett. Eu me recusava a ir para casa aos feriados porque não queria me encontrar com ele. Aceitava missões do outro lado do mundo só para colocar espaço entre nós. Caramba, depois que meu marido morreu, recusei a oferta da minha mãe de morar em casa e aceitei um emprego que exigia uma quantidade ridícula de viagens.

Ela está certa. É hora de virar mulher e parar de fugir.

— Vou ligar para ele antes de tomar qualquer decisão sobre a moradia.

— Essa é a filha que conheço. Eu sabia que ela estava escondida em algum lugar. — Minha mãe riu. — Estou aqui se precisar de mim.

— Obrigada. Dê um beijo e um abraço na Zoe por mim. — Pensar na minha filha me entristecia a um nível completamente diferente. Sentia falta dela como uma pessoa se afogando sentia falta de ar.

Antes que eu pudesse ordenar as coisas na minha cabeça e ligar para Rhett, ele me ligou.

— Oi. — Odiei o quanto soei fraca. A última coisa que queria era que ele soubesse que eu estava chateada.

Ele pigarreou.

— Sinto muito por você ter visto Lila e eu naquela situação. Posso me explicar?

— Claro. — Em vez de me esconder no banheiro, eu me sentei em uma cadeira perto da Paola. Não importa o que ele tenha a dizer, eu não levantaria a voz na frente dela, nem permitiria que ela me visse chorando.

— Não sei por onde começar. — Ele soltou uma risada sem humor. — Lila e eu nos divorciamos há oito anos. Não há nada entre nós a não ser o pagamento da pensão alimentícia e anos de ressentimento.

— Depois que a sua filha morreu?

Ele fez um som no fundo da garganta.

— Sim.

— Eu sinto muito, Rhett. — Eu queria acreditar nele, mas as palavras da minha mãe sobre pesar o bom e o ruim ecoaram na minha cabeça. — Por isso que Lila estava chateada? Vocês estavam falando do bebê?

— Não. — Ele soou tão cansado quanto eu me sentia. — Ela pediu dinheiro. Eu disse que não. Ela estava armando um espetáculo.

— Para você? — Eu não podia acreditar que Lila estava lutando uma batalha perdida. Ela devia saber que ele já tinha sacado tudo, por que ela se daria o trabalho de armar uma cena?

— Para a minha vizinha do lado, a sra. Anderson. — Ele suspirou. — Ela foi para a varanda quando ouviu Lila e eu discutindo.

Eu me lembrei de ter visto uma senhora regando as flores quando estacionei. Ela parecia estar concentrada na roseira mais próxima à casa de Rhett.

— Quando você estacionou, Lila fez uma apresentação digna de um Oscar.

— Que legal ela tentar me entreter. — Não pude evitar o sarcasmo. Eu não suportava a Lila. A mulher era tudo o que eu odiava embalada em roupas apertadas demais. Ela era o estereótipo da menina malvada, coroada com uma legião de *minions* para obedecer às suas ordens maléficas, ou seja, fazer garotas como eu sofrerem.

Rhett suspirou.

— Desculpa.

— Ela vai voltar? — Eu tinha que perguntar. Paola não precisava passar pelo desgaste da merda que vi naquela varanda, e nem eu.

— Deixei claro que chamaria a polícia se ela não fosse embora, mas não posso prometer que ela vai ficar longe. — Ele voltou a pigarrear, um claro sinal de que estava nervoso. — Onde você está?

— Reservei um quarto no hotel em frente ao hospital.

— Em, eu não tenho o direito de pedir, mas me dê outra chance. Comprei comida o bastante para um pequeno exército, brinquedos e um edredom rosa-choque para a Paola.

Acreditei nele. Ele poderia ter adoçado tudo ou ter dito que colocaria uma cerca de arame farpado para manter a Lila longe. Ele poderia ter feito exigências e usado os problemas médicos da Paola para a própria vantagem, mas ele não fez nada disso. Rhett tinha me dito a verdade.

Sorrindo, perguntei:

— Que horas você vai para o hospital amanhã?

— Eu não vou. Cancelei as consultas e as cirurgias até minha mãe chegar depois de amanhã.

— Fez isso por mim?

— E pela Paola. Pensei que a transição dela seria mais fácil se eu estivesse por perto para traduzir. Não me leve a mal, mas o seu espanhol é péssimo.

Eu me vi sorrindo.

— Tentei cada um dos cursos de línguas disponíveis, mas eu não tenho jeito. Vai ser legal ter a sua ajuda.

Um vislumbre de esperança suavizou a voz dele.

— Isso significa que você está disposta a dar outra chance a essa coisa de colega de casa?

— Estou, mas lembre-se, eu sou o tipo de garota de "dois cartões amarelos, expulsão".

— Está tudo bem, sou o tipo de cara que entra aos quarenta e cinco do segundo tempo e ainda vira o jogo.

CAPÍTULO 9
Emily

Paola grudou em Rhett enquanto ele nos mostrava a casa. O lugar era imenso e estranhamente bonito para a casa de um solteiro. Ele explicou tudo o que tinha feito ali desde que se mudou. Fiquei impressionada e mais do que um pouco distraída ao imaginá-lo suado, balançando uma marreta, vestindo nada mais do que um jeans de cintura mais baixa e um cinto de ferramentas.

Rhett se aproximou e sussurrou:

— Eu não sei o que está pensando, mas você precisa parar de olhar para mim assim.

Eu me assustei e ergui a cabeça.

— Bem que você queria, não é mesmo?

Ele mudou desde a faculdade, esculpiu o corpo da maneira mais deliciosa. Até mesmo a risada dele estava mais profunda, mais rica, mais de homem e menos do menino que eu costumava conhecer.

Uma coisa que eu e Rhett sempre fomos foi bons amigos. Desde fraldas a iPads, nós compartilhamos todas as *primeiras vezes*: encontros, beijos, comunhões, formatura e faculdade. Nosso relacionamento tinha base, o que fez o término muito mais devastador.

Rhett nos levou até um quarto de hóspedes com uma cama *queen*, escrivaninha e uma pequena penteadeira.

— Está bom para você? Terá que dividir o banheiro com a Paola.

— Está ótimo, obrigada. — Coloquei a bolsa na cama e fui até a janela. A vista lá de baixo me deixou sem fôlego. O quintal dele era duas vezes maior do que o meu lá na Flórida.

Um deque de madeira percorria o comprimento da casa. Árvores maduras pontilhavam o terreno, e o que parecia uma horta ficava no fundo. Eu podia me ver sentada lá fora, observando as crianças brincando, enquanto cuidava do jardim.

Eita, garota. Alto lá. Essa não é a sua vida, e isso não é a droga de um conto de fadas.

Rhett abriu uma porta e nos levou a outro quarto. Uma cama de casal, coberta com um edredom rosa, ficava no meio. Brinquedos preenchiam as prateleiras embutidas e um ursinho rosa gigante ocupava quase todo o banco que ficava abaixo de uma enorme janela panorâmica. Ele instalou até uma babá eletrônica na cômoda.

O sorriso de Paola ficou mais largo enquanto ela olhava do quarto para ele e para o quarto novamente. Ela disse alguma coisa em espanhol, e ele fez que sim. A menina deu alguns passos para dentro do quarto, parou e se virou para mim. Mordendo o lábio inferior, ela sacudiu a cabeça.

— *¿Qué pasa?* — Eu me agachei na frente dela.

A menina baixou a cabeça e apontou para a cama.

Rhett forçou um sorriso, mas ele pareceu desapontado com a reação dela.

— Tenho uma ideia. Você se importa se colocarmos o colchão no chão?

— Nem um pouco. — Ele disse algo para Paola, e ela voltou para o corredor.

— Na noite passada, tentei de tudo para fazer com que ela dormisse na cama, mas ela se recusou a sair da cabaninha de cobertores. Eu não conseguia aceitar que ela dormisse no chão, então pedi ao recepcionista para mandar um tapete de yoga.

Rhett riu.

— Acho que sei o rumo dessa história.

Ergui um ombro.

— Ela não está acostumada às camas. A família dorme em paletes.

Ele murmurou bem baixinho, mas só consegui entender "tire a roupa" e "cama".

Meus olhos se arregalaram.

— Quê?

— Tire a roupa de cama. Volto já. — Ele deu uma piscadinha, foi até o corredor e sussurrou algo para Paola.

— *¡Sí!* — A menina falou rápido demais para que eu entendesse uma palavra sequer, mas eu não precisava. O sorriso dela disse tudo o que eu precisava saber.

Ele era tão bom com ela. Era incrivelmente injusto que Rhett tenha sido pai por tão pouco tempo. Ter Paola na casa devia ser difícil para ele. Como ele podia não pensar na filha enquanto fazia compras para outra garotinha?

Perdida em pensamentos, apoiei o colchão na parede e comecei a tirar o estrado.

Rhett voltou com um martelo, ferragens e um carretel de fio elétrico grosso. Ele me deu uma olhada e parou de supetão.

— Está tudo bem?

— Está. — Olhei para trás dele e vi Paola e um gato fofinho e gordinho. Sério, o bicho era tão gordo que parecia poder rolar com mais facilidade do que as pernas rechonchudas podiam correr. — Não sabia que você gostava de gatos.

— Essa é a Docinho de Coco. Ela veio com a casa. — Ele me lançou um olhar estranho. — Pare de mudar de assunto e me diga em que está pensando.

Fiquei surpreendida por ele ainda poder me ler com tanta facilidade, mas minha reação àquele pensamento me assustou pra caralho. Para todos os efeitos, éramos estranhos que cresceram juntos. No entanto, o meu subconsciente e o meu corpo discordavam. Algo lá no fundo desejava, com desespero, descobrir o quanto restava do menino que ele foi.

— Em? — Rhett afastou o meu cabelo do rosto.

Fiquei congelada em outra época, em outro lugar. Os dedos estavam mais calejados do que eu me lembrava, mas reconheci o toque. Pior ainda, ansiei por ele. Chamas de aviso se acenderam no fundo da minha mente. Dei um passo para trás para colocar espaço entre nós.

— Fale comigo. — Ele olhou rapidamente de mim para a porta, como se esperasse que eu saísse em disparada igual a um coelho assustado.

— Devemos nos concentrar em acomodar a Paola. — Enfiei as mãos trêmulas nos bolsos. — Conversaremos mais tarde.

Ele assentiu uma vez e voltou ao trabalho de retirar partes da cama do quarto.

Peguei uma ripa de metal e o segui.

— Qual é o plano?

— Vamos fazer a melhor cabaninha de cobertas da história das merdas das cabaninhas de coberta, jantar e colocar a menina na cama. E então, você e eu vamos tomar uma garrafa de vinho e conversar até desanuviarmos as coisas entre nós.

— Eu estava falando dos planos para o quarto, mas isso também funciona. — Adicionei a ripa na pilha. — Você é mais franco do que eu me lembrava.

Ele baixou as sobrancelhas.

— E você está muito mais assustadiça.

Uma hora depois, parafusamos os últimos ganchos de metal nas paredes imaculadas, amarramos os fios de parede a parede e penduramos os lençóis, pegando do teto até o chão. Resumindo, criamos uma cabaninha foda.

Espero que a segunda parte do plano se saia tão bem quanto a primeira.

Rhett se virou para Paola e fez uma reverência em direção ao nosso trabalho.

— *Princesa...*

Paola deixou o gato de lado, ficou de pé e entrou no quarto devagar. Olhando de nós para a tenda, ela passou as mãos pelos lençóis macios.

— *Gracias, es muy bonita.*

— Os pais dela precisam ver isso. — Peguei o celular, tirei uma foto e encaminhei para o médico dela, que iria imprimir e enviar para a família da menina.

Ele passou os braços em volta dos meus ombros e me beijou na têmpora.

— Próximo passo: jantar. Já está na panela elétrica, só preciso fazer um pouco de arroz.

Quem era esse homem e o que ele tinha feito com o garoto que mal podia fazer macarrão congelado sem tacar fogo no dormitório?

Rhett deve ter me visto olhá-lo de rabo de olho, porque sorriu.

— Todo mundo cresce, Em. Isso se chama virar adulto.

— Eu sei, mas não são muitos homens solteiros que têm panelas elétricas.

Ele inclinou a cabeça.

— Vamos ser sinceros, em quantas cozinhas de caras solteiros você já esteve?

Em vez de confessar a patética verdade a ele, pisquei e desci as escadas.

O aroma de comida caseira permeava o espaço e fez meu estômago roncar. É claro, uma panela de cocção lenta estava na bancada de mármore. Ainda mais surpreendente foram os aparelhos de última geração e uma variedade de dispositivos e utensílios de cozinha em cima do aparador antigo.

— Nossa. — Eu não tinha ideia do que metade daqueles aparelhos fazia, que dirá como usá-los.

De braços cruzados, Rhett apoiou o ombro no batente da porta.

— Depois da faculdade de medicina, salários baixos e longas horas de trabalho, eu poderia morrer de fome, comer fast-food ou aprender a cozinhar.

— Eu não sabia se você tinha terminado a faculdade depois que você e Lila... — Parei na hora. Mencionar a filha que ele havia perdido depois de tudo o que ele tinha feito pela Paola me pareceu cruel.

— Minha carreira de médico foi a única coisa que ela apoiou. — Ele foi até a despensa e pegou um saco de arroz. — E você? Terminou a faculdade?

— Não. Depois que nós... depois que saí da Auburn, eu me alistei no Exército. — *Por que isso é tão difícil?* Eu me vi tateando ao redor dos assuntos difíceis. Precisaríamos falar daquilo mais cedo ou mais tarde, mas eu estava pendendo para o mais tarde. Muito mais tarde.

— Exército? — Ele ergueu as duas sobrancelhas. — Isso é... surpreendente. Você gostou?

— Amei. De início, eu precisava de ordem. Alguém me dizendo quando me levantar, o que fazer, como fazer. — Dei de ombros. — Minha mente estava desconectada do meu corpo durante o treinamento básico e o avançado.

Rhett encheu a panela de água, colocou um pouco de manteiga e ligou o fogão.

— E depois do treinamento?

— Fui alocada na Alemanha por pouco tempo, antes de ser enviada para o Afeganistão. — Mais uma vez, achei difícil abordar os assuntos mais difíceis como conhecer Jake, nosso curto casamento e Zoe.

Ele olhou para trás.

— Qual era o seu trabalho no exército?

— A minha qualificação militar? 68W, também conhecida como médico de combate.

Ele assoviou.

— Parece intenso. Viveu alguma emoção no Afeganistão?

Além da do tipo que gerou a minha filha? Sorri para a minha piada interna, porque a realidade da situação me deixou assustada.

— Algumas.

Ele tirou a tampa da panela de cozimento lento e mexeu o que havia lá dentro.

— Na noite em que nos encontramos, por que você se apresentou como Emily McCabe?

Apoiei o quadril na bancada.

— Porque você não me reconheceu.

— Claro que reconheci, caralho. — Ele me lançou um olhar incrédulo. — Assim que cheguei à conclusão de que você não era a garçonete, fiquei em estado de choque, mas eu sabia que era você.

— Ã-rã. — Chegando mais perto, espiei a panela. Ele fez feijão com pedaços de carne e linguiça.

— É uma versão americanizada de *Bandeja Paisa*?

— De acordo com o Google, é um prato típico da Colômbia. — Ele encheu uma colher, soprou e a levou à minha boca.

— Por que o sobrenome falso?

— Não é falso. — Capturei a colher com a boca e gemi de prazer. Mesmo ele não tendo acertado muito nos temperos, estava melhor do que muitas que comi em Bogotá.

Ainda segurando a colher vazia, Rhett me encarou.

Pela primeira vez desde que nos encontramos, eu não tinha ideia do que ele estava pensando ou de como responder.

Virando-se para a pia, ele me deu as costas.

— Há quanto tempo você está divorciada?

Mesmo sabendo que em algum momento teríamos que tratar dos assuntos difíceis, preferiria ter essa conversa em particular enquanto tomava um vinho.

— Eu não sou divorciada... eu sou...

Docinho de Coco entrou correndo na cozinha em um borrão preto e branco. Eu jamais teria pensado que era possível que o gato redondo igual a uma bola de basquete pudesse se mover tão rápido.

Paola desceu as escadas e correu atrás do gato. Os lábios dela foram de azulados para um tom muito, muito profundo de azul. Nada bom. Definitivamente, nada bom.

O médico em Rhett entrou em ação. Ele envolveu a menina nos braços e a colocou em uma cadeira mais rápido do que pude encontrar palavras para dizer que ela parasse de correr. Agachando-se para ficar na mesma altura que ela, ele falou em espanhol.

Arfando, Paola fez que sim e mordeu o lábio.

Entendi o bastante para saber que ele disse a ela que correr atrás de gatos não era bom para o coração. No entanto, a conversa avançou muito mais do que umas poucas frases. Não pude deixar de me sentir um pouco deixada de lado quando eles riram e falaram e riram um pouco mais.

Em vez de me sentar e sentir pena de mim mesma, eu me juntei a Docinho de Coco na lavanderia. Ela me deu uma olhada e soltou um sibilo meio uivado.

— É, bem. Prefiro os cachorros mesmo.

CAPÍTULO 10
Rhett

O jantar foi um sucesso, o que é mais do que eu podia dizer sobre a curta conversa que eu e Emily tivemos na cozinha. Ao longo dos anos, sondei minha mãe para conseguir mais informações, mas só recebi respostas vagas. Tanto que parei de perguntar. Minha mãe e a mãe dela se conhecem desde antes de nascermos. Eu entendia. Eu fodi tudo com a Emily e a minha mãe ficou neutra como a Suíça para preservar a amizade.

Que merda era aquela de ela não ser divorciada? Ela foi em um encontro às cegas. Aquilo não parecia ser do feitio dela, mas quão bem eu a conhecia? Ela se alistou no Exército, pelo amor de Deus!

Mal nos falamos desde que Paola interrompeu a conversa. Pela forma como Emily se atirou à comida, ela provavelmente estava faminta, mas já devia saber que eu tinha perguntas.

Eu não podia suportar mais um minuto daquele silêncio desconfortável.

— Em, o que você quis dizer com isso de não ser divorciada?

Ela tirou os olhos do prato e franziu a testa.

Paola puxou minha manga e pediu para repetir a comida.

— *Un momento.*

A menina balançou a cabeça, bateu na barriga e me olhou com olhinhos pidões.

Emily suspirou.

— O que ela disse?

— Ela quer mais. — Eu me senti um idiota por deixar a criança esperando, mas ela podia esperar uns minutinhos. — Responda a minha pergunta.

— Mais tarde, quando estivermos sozinhos. — Emily ficou de pé e levou o prato vazio de Paola para a cozinha.

Mas que merda era aquela? Poderíamos estar falando sobre cada uma das posições do Kama Sutra e a menina não entenderia, contanto que tivéssemos um sorriso no rosto. *Ela está evitando a pergunta.*

— Ela nunca comeu tanto desde que chegou nos Estados Unidos. — Em colocou a comida na frente de Paola e sentou. — Ela é tão magrinha, o pediatra não podia registrar o peso na curva de crescimento. É normal para crianças com a doença dela, né?

— É. — Assassinei um pedaço de pão de milho enquanto tentava passar manteiga nele. Aquela porcaria se partiu na minha mão.

Paola riu, mas Emily fez careta.

— Ela deve ganhar peso depois da cirurgia. Por ora, o corpo dela está gastando mais energia do que deveria para manter o oxigênio no sangue. — Encontrei o olhar dela e deixei o meu babaca interior controlar meu cérebro. — Olha, você precisa saber que o caso dela está mais avançado do que qualquer um que já vi. É surpreendente ela ainda estar viva. Não quero te dar esperanças de que ela vá sobreviver ao procedimento.

Emily se encolheu como se eu tivesse batido nela.

— Prefiro acreditar em milagres.

— Como quiser, mas é melhor controlar as expectativas do que acabar decepcionada.

Ela se levantou e pegou os pratos.

Não fiquei nem surpreso por ela ter fugido de outra conversa. Ela tinha um histórico de fugir quando as coisas ficavam difíceis.

Emily voltou para a sala com os ombros e a cabeça erguidos.

— Estou nesse emprego há tempo o bastante para saber que nem todos os finais são felizes. Não preciso de você para me lembrar dos riscos envolvidos.

Meu Deus, ela fica tão linda quanto está brava. A dureza nos olhos dela me deixou surpreso pra cacete.

— Você está certa. Desculpa.

Ela fez que sim e olhou dentro dos meus olhos.

— Eu sou viúva. McCabe era o sobrenome do meu marido. Ele morreu em combate duas semanas depois de descobrirmos que eu estava esperando nosso primeiro filho.

Você é um filho da puta, Rhett Hammond, um verdadeiro filho da puta.

— Eu não sabia. — Respirei fundo e exalei assim que terminei de contar até três. — Eu sinto muito.

Emily fez sinal para Paola, que tinha parado de comer para observar os adultos discutindo.

— Ela pode não entender as palavras, mas lê as emoções. Você poderia parar de agir como um bebezão agora que eu respondi sua pergunta?

— Posso. — Eu me virei para a menina, pedi desculpas pelo nosso comportamento e a encorajei a terminar de comer.

— Você aaaama ela. — Paola alongou a palavra *ama*.

Engoli a risada. Ela podia ter vindo de uma aldeia remota, no meio do nada, mas era como qualquer outra menina de cinco anos.

— Amo, desde que tinha a sua idade.

A criança me abriu um sorriso espertalhão.

— Você vai se casar com ela?

Olhei de relance para Emily. Por sorte, ela não parecia ter entendido a pergunta.

— O que ela disse?

— Perguntou se tem sobremesa.

A mulher que assumiu o controle da situação e me pôs no meu lugar há apenas alguns minutos deu um sorriso animado.

— Tem?

Os humores de Lila mudavam com mais frequência do que o ponteiro de segundos do relógio, mas as oscilações emocionais de Em eram totalmente diferentes. Ela dizia o que queria e pronto.

Emily Elizabeth Daniels McCabe tinha crescido e virado uma mulher forte e confiante. Uma mulher sobre a qual eu queria saber mais. *Muito mais.*

— Será que eu tenho sobremesa? — Cutuquei Paola e repeti o que disse em espanhol.

As duas me observaram com sorrisos animados.

— Tenho três sabores de sorvete no congelador. Se não gostarem, posso fazer um bolo, cookies ou brownies. — Fiquei de pé e esfreguei as mãos. — Seus desejos são uma ordem, senhoritas.

Emily me lançou um olhar aguçado.

— Está ficando tarde. Vamos deixar por isso mesmo hoje e fazer os cookies juntos amanhã.

— Por mim, tudo bem. — Presumi que a expressão dela significava que retomaríamos a conversa de antes.

Uma hora depois, Emily e eu colocamos uma menina limpinha, exausta e de barriga cheia na cama. Docinho de Coco tinha ficado longe desde antes do jantar, mas entrou silenciosamente no quarto e se enrolou com Paola dentro da cabaninha.

O buraco deixado por Ashlyn no meu coração se expandiu enquanto eu observava Emily beijar Paola na testa. Eu me senti como se estivesse entrando em uma realidade alternativa. Um universo paralelo no qual eu nunca fui para aquela merda de festa e nunca conheci Lila Jefferies. Um mundo em que eu e Emily crescemos, nos casamos e tivemos filhos.

Essa é a vida que deveríamos ter tido. Pensei nela, em cenas como aquela, um milhão de vezes ao longo dos anos. De início, elas me deixavam com raiva. Coloquei a culpa da minha situação em Lila, por ter ficado grávida, e em Emily, por ter fugido. Não preciso dizer que essa fase não durou muito tempo.

Assim que engoli o meu orgulho e aceitei as consequências das minhas ações, os pensamentos sobre o que poderia ter sido entre Emily e mim eram dolorosos demais. Parte de mim estava feliz por ela ter largado a faculdade. Não a ver todos os dias deixava as coisas mais fáceis sob alguns aspectos, mas difíceis pra cacete nos outros. Eu sentia falta dela como namorada, mas *fiquei de luto* por ela como minha melhor amiga.

Precisando de alguns minutos sozinho, eu me virei e segui para a cozinha. Em tinha falado sobre vinho mais cedo. Se aquilo a ajudasse a se soltar e me contar a história dela, eu ficaria muito feliz em deixar a bebida rolar.

Emily desceu as escadas usando legging e uma camiseta larga. Ela esfregou o rosto até as bochechas ficarem rosadas e prendeu o cabelo bonito em um coque bagunçado.

Quase derrubei a garrafa. Os anos que passamos separados não fizeram nada com ela. Sem maquiagem, com o cabelo afastado do rosto, ela parecia a menina que eu deixei chorando no dormitório. Ela parecia a *minha* Emily.

— Oi. — Ela me deu um aceno nervoso.

Pigarreei.

— Oi.

Mudando o peso de um pé para o outro, ela disse:

— Espero que você não se importe por eu ter ficado mais à vontade.

— Nem um pouco. — Inclinei a cabeça. — Mas essa é a camiseta que você roubou de mim no ensino médio?

Emily olhou para a maltrapilha camisa do Holy Cross High e corou.

— É.

Porra, ela estava tentando me matar.

— Vamos beber lá na sala.

Nós nos sentamos no sofá macio de couro e eu enchi nossas taças.

Ela tomou um gole e se virou para mim.

— O que você disse sobre o prognóstico da Paola...

— O jeito como falei foi uma droga. Eu poderia ter dito de outra forma, mas estou preocupado. Você parece muito apegada a ela. — Percebi que eu era um hipócrita do caralho no minuto em que as palavras saíram da minha boca. Eu só conhecia a garotinha há uns dias e ela já tinha me atado mais do que o Houdini.

— Estou, mas sou realista. Ela está doente, ou não estaria aqui. Sempre há riscos, mas e se todo mundo evitar a menina só por medo de se apegar? Seria bom para a saúde dela?

É claro, Em usaria a lógica para me influenciar a pensar como ela. Ela fazia o mesmo quando éramos crianças... muitas vezes em nosso detrimento.

— Você tem razão, e antes que diga alguma coisa, sim. Estou apegado a ela também.

Ela tomou um bom gole do vinho.

— Tem uma coisa me incomodando.

— Só uma?

Revirando os olhos, ela perguntou:

— Você vai se meter em problemas por estarmos aqui?

Aquela *não* era a pergunta que eu esperava que ela fizesse. Caramba, não era algo que eu nem sequer tinha pensado que ela perceberia.

— Depende de quem descobrir.

— Rhett...

— Não é ilegal. É uma área nebulosa. Há diretrizes éticas sobre tratar amigos e família. — Aprendi da forma mais difícil a razão de aquela ser uma péssima ideia. — Mas essa é uma situação sem precedentes.

Ela assentiu lentamente.

— E se a dra. Delagarza descobrir?

— Ela vai causar problemas. — Girei o vinho na taça. — Embora ela esteja forçando os próprios limites éticos.

— Ao flertar com você?

— É, acho que você não conseguiu não reparar que a mulher é uma loba. Mas voltando à sua pergunta... — Coloquei o cabelo dela atrás da orelha. — Não estou preocupado que o conselho do hospital descubra sobre o nosso arranjo. A situação é temporária. A família anfitriã da criança não era adequada. Somos velhos amigos. Você não é mãe ou guardiã dela.

Os olhos dela se arregalaram.

— Legalmente, eu sou a guardiã enquanto ela estiver nos Estados Unidos.

Ah, merda.

— É outra área nebulosa.

— A soldado em mim não gosta dessas zonas cinzentas. Fico muito mais confortável quando é preto no branco.

— Eu nunca pensei que iria me odiar por dizer a verdade. — Rindo, baixei a cabeça. — Pela ética, os médicos não podem transar com pais ou guardiões dos pacientes.

Ela ficou boquiaberta.

— Você pretende transar comigo?

— Se eu pretendo? Não. Se eu tenho a esperança de que você concorde que transemos como macacos loucos uma noite dessas? Porra, com certeza.

CAPÍTULO 11
Emily

Fechei a boca em um estalo e debati sobre como responder à confissão que ele fez de querer me levar para a cama. Não, ele disse que queria me levar para a cama, mas algum código de conduta médica o proibia. Em vez de adentrar ainda mais em território perigoso, prossegui com humor.

— Obrigada, Capitão Obtuso de Franco. — Eu me afastei dele e voltei a encher a taça. — Jamais permita que digam que você não é romântico.

Ele jogou a cabeça para trás e riu.

— Você perguntou. Queria que eu mentisse?

— Já ouviu falar em pergunta retórica? — Não pude deixar de dar um sorriso irônico. — Você deveria olhar no Google um dia desses.

Ele colocou a taça no canto da mesa e se virou para mim.

— Me conta sobre o seu marido.

Que ótima forma de arruinar o clima. Pressionei os lábios com força e afastei o olhar.

— Desculpa, culpa da franqueza da qual continua me acusando. — Ele apertou minha mão.

Nada pronta para abordar minha vida pessoal, eu revidei:

— O que a dra. Delagarza quis dizer quando falou que você estava encrencado com o conselho?

Ele ergueu uma sobrancelha.

— Ela disse isso?

— Creio que ela disse que você tinha uma situação com o conselho. Presumi que fosse do tipo desagradável. — Tive muita dificuldade de parar de olhar para ele desde que o sexo foi mencionado. Não que eu não tenha pensado no assunto, mas, agora que ele abriu o jogo, e logo o fechou, não pude evitar.

Rhett se sentou com o braço apoiado no encosto do sofá. Uma perna longa esticada, o outro tornozelo apoiado no joelho do lado oposto. Eu o achei gostoso de uniforme, mas vê-lo de jeans e camiseta me fez salivar.

— Aparentemente, preciso trabalhar na minha conduta com os pacientes. — Ele deu uma piscadinha.

Meu cérebro titubeou. Sem saber se aquilo era piada, eu não tinha a mínima ideia de como responder.

— A pesquisa de satisfação com os meus pacientes está abaixo da média do hospital. — Ele se inclinou para frente e se serviu de mais uma taça de vinho. — A parte engraçada é que foram as minhas avaliações ruins que me levaram ao caso da Paola.

— Como? — *Isso não faz sentido. Quanto vinho ele tomou?*

— O que estou prestes a te dizer não pode sair desta sala.

— Ok. — Enrijeci a coluna.

A expressão dele ficou séria.

— E você não pode usar o que eu disse ou fiz antes de nos reencontrarmos contra mim.

Meu peito apertou. *O que diabos ele pode ter feito para precisar de tantas garantias?*

— Claro, ok.

— O conselho do hospital entrou em pânico quando o dr. Dickson machucou o pulso. Eles já tinham enviado notas à imprensa sobre a cirurgia da Paola. — Ele parou e me avaliou como se esperasse que eu dissesse poucas e boas.

Não fiz isso.

— Prossiga.

— Eles basicamente me chantagearam com as avaliações ruins dos meus pacientes para me fazer assumir o lugar do Dickson. — Ele fechou a cara. — Eu era um dos oponentes mais ferrenhos sobre trabalhar com a Healing Hearts e, especificamente, aceitar o caso dela.

Bridget tinha contado que vários médicos do hospital haviam causado um fuzuê quando o caso de Paola foi apresentado para avaliação. As reclamações iam do custo ao risco de processos por negligência até o cronograma cirúrgico lotado. O estado de Paola era grave. O tempo que o conselho do hospital levou para aprovar o caso poderia ter custado a vida dela.

De repente, Rhett Hammond não parecia mais tão atraente. *Que tipo de homem, de médico, ia contra a decisão de ajudar uma criança de cinco anos?*

— Você tem que se lembrar de que isso foi antes de eu a conhecer. Ela era um registro médico para mim. Um caso arriscado com o potencial de expor o hospital à imprensa sensacionalista e a processos legais.

Em vez de olhar para ele, olhei para frente. Entendia as razões dele, mas aquilo não significava que gostava delas.

Ele pigarreou.

— Diga alguma coisa.

— Entendi. Venho lidando com idiotas sem coração desde que comecei a trabalhar com as missões médicas. — Por dentro, adicionei *como você* depois do idiotas sem coração.

Ele se levantou e passou as mãos pela cabeça.

— Você pode ao menos tentar ver as coisas pela minha perspectiva?

— Não muito. Não quando sou forçada a assinar documentos dizendo que a minha organização não processará o hospital por qualquer motivo, incluindo negligência grave. — Percebi que estava gritando e baixei a voz. — Quanto à repercussão ruim, a administração do hospital fez isso por si só quando destruiu a confidencialidade da paciente ao divulgar o histórico médico dela para todo mundo.

Rhett xingou baixinho.

— Você está certa.

Eu sabia que estava certa, mas não esperava que ele fosse desistir assim tão fácil. Não era do feitio dele. Quando crianças, tínhamos discussões épicas que iam desde política e religião até que herói de histórias em quadrinhos tinha o melhor superpoder.

— Sobre qual parte?

— O hospital não deveria ter enviado a nota à imprensa. É repreensível usar um paciente doente para melhorar a imagem pública, mas eles deveriam ter estudado mais sobre o caso da Paola antes de aceitar fazer a cirurgia. — Ele me encarou como se esperasse que eu concordasse.

Ah, então ainda havia alguma fagulha dentro dele. Eu sorri e fui direto na garganta.

— Boa tentativa. Agora repita comigo... Eu, doutor Rhett Hammond.

— Eu, doutor Rhett Hammond. — Ele colocou as mãos nas costas do sofá de cada lado da minha cabeça.

— Deveria ter levado mais do que o histórico médico da Paola em consideração. Ela é um ser humano, não um amontoado de exames e notas médicas.

Ele repetiu as palavras com um sorriso astuto que levou minha pulsação à estratosfera.

— Antes de eu abrir a minha boca.

— Antes. — Ele roçou os lábios nos meus. — De eu abrir a minha... — ele me beijou na bochecha — ... boca.

O fôlego dele no meu pescoço foi como um choque de desfibrilador na minha incrivelmente desprivilegiada libido. Eu o senti do alto da cabeça até os dedos curvados, e em cada lugar entre eles.

Rhett se jogou ao meu lado no sofá.

— Agora que resolvemos esse problema, me conte sobre a sua vida. O que você faz quando não está viajando pelo mundo salvando uma criança doente por vez?

Eu não podia formar um único pensamento. Não quando todo o meu sangue tinha fugido do cérebro e ido para as regiões mais baixas.

— Você está bem? — Ele me lançou um sorriso perverso.

Eu o empurrei. Com força.

— Você joga sujo.

— Você não tem ideia do quanto eu jogo sujo, linda. — A voz suave como uísque foi como gasolina para os meus hormônios já em chamas.

Eu precisava fazer alguma coisa para esfriar as coisas antes que nós dois fizéssemos algo de que nos arrependeríamos.

— Passo tempo com a Zoe, minha filha de sete anos.

O sorriso sexy se transformou em algo mais cálido.

— Não é difícil ficar longe dela?

— Quanto mais velha ela fica, mais difícil é. — Foi bom falar sobre a Zoe com alguém que não era minha mãe. — Ela está crescendo tão rápido.

— Quem cuida dela enquanto você está trabalhando? — Ele entrelaçou os dedos com os meus e levou nossas mãos à boca.

— Quando não estou em uma missão ou cuidando de casos como os da Paola, eu trabalho de casa. Minha mãe vai para lá quando preciso viajar. Ela tem um quarto na minha casa.

— Onde é a sua casa?

— Orlando. — Sentada com ele, conversando do jeito que costumávamos conversar, parecia certo. Certo demais. Sabia que aquilo não poderia durar, mas cedi à tentação e apoiei a cabeça no ombro dele, como nos velhos tempos.

— Você já pensou em levar sua filha junto quando viaja? — O tom da voz dele ficou cálido e sonolento, do jeito que só um dia longo e o vinho poderiam produzir.

— Eu amaria que ela me visse em ação, mas fico ocupadíssima quando trabalho em casos internacionais. Ela ficaria presa em um quarto de hotel com a minha mãe. E mais, ela tem escola e amigos. A vida dela é em Orlando.

— Por que você não traz a Zoe para um final de semana prolongado? Tem bastante espaço para ela e sua mãe aqui. Eu adoraria conhecer sua filha. — Ele se virou e me encarou com uma expressão sexy e sonolenta.

— Pensei que você tinha dito que a Paola não deveria ficar perto de outras crianças.

Ele colocou um cacho atrás da minha orelha.

— Ela não deveria, mas se a Zoe é saudável...

Fiquei agradecida pela oferta, mas pensar em apresentar Zoe a ele me assustava. Eu nunca levei homens para conhecê-la e não sabia como ela reagiria. Para não dizer que Rhett já estava lutando por ter uma criança sob seu teto. Como ele poderia suportar duas?

— A presença dela vai fazer ser mais difícil para que eu me concentre na Paola.

— Dá para gerenciar as coisas em dois dias.

— Vou pensar no assunto.

— Pense. — O sorriso dele sumiu. — Eu diria que estou surpreso por não ter visto a menina na casa da sua mãe, mas acho que essa foi a intenção.

Eu poderia mentir, ou inventar alguma desculpa esfarrapada para proteger a doçura daquele momento, mas não havia razão. Segredos e mentiras nos destruíram uma vez. Não queria voltar a arriscar a amizade dele. Além do mais, era provável que ele fosse relevar.

— Eu não podia suportar pensar que eu encontraria você e Lila na calçada ou no restaurante da cidade.

— Entendi. — Ele segurou meu rosto. — Foi mais fácil arrancar o band-aid e seguir com a vida.

— Isso, e eu pensei que você e Lila teriam mais chances de fazer as coisas darem certo se eu não estivesse por perto para atrapalhar. — Minha voz falhou.

— Sinto muito pelas coisas entre nós terem saído desse jeito, mas, Em, você nunca atrapalharia. — Ele voltou a me beijar. De levinho, quase hesitante, como se esperasse que eu me afastasse. Quando não me afastei, ele pressionou a boca com mais firmeza na minha.

Uma represa se rompeu dentro de mim. Emoções que eu não experimentava desde que Jake havia morrido ameaçaram me afogar. Necessidade. Uma necessidade angustiante por mais, por pele, por calor e suor e pecado me incitou. Ao mesmo tempo, o medo de me entregar, o medo de me tornar vulnerável a Rhett novamente, o medo de me machucar, o medo de querer recuar. Acima de todas essas emoções conflitantes estava a culpa. Eu amei Jake, mas o que eu sentia por ele era bem diferente do que sentia por Rhett. Jake era intenso, e exigente, e divertido. Ele era um incêndio em forma de homem. Já Rhett queimava como uma lareira, constante e quentinho.

Ele recuou o suficiente para encontrar o meu olhar.

— Para onde você acabou de ir?

Eu não podia suportar a confusão nos olhos dele. Afastando-me, eu disse:

— Não posso fazer isso com você de novo. Não agora.

— Nem nunca? — Ele me deu um sorriso triste e resignado.

— É complicado. Nós acabamos de nos reencontrar. Vai levar um tempo para reconstruir a confiança. — Respirei fundo. — Em algumas semanas, vou voltar para Orlando. Sua vida é aqui.

— Então nos esforçaremos para reconstruir o que destruí com o tempo que temos. — Ele pressionou a testa na minha. — E eu quero conhecer sua filha.

CAPÍTULO 12
Rhett

O cheiro de cookie recém-saído do forno preencheu toda a casa, e a minha cozinha estava coberta por camadas de farinha, manteiga e ovo. Pela primeira vez desde que Ashlyn morreu, eu tinha uma família. Uma família temporária, mas cavalo dado não se olha os dentes. Eu aproveitaria o que tinha pelo tempo que pudesse.

Meu telefone apitou com um alerta de e-mail. Olhei para a tela e franzi as sobrancelhas ao ver o nome de Dee Delagarza ao lado da palavra *urgente*. Abri a mensagem e cliquei no anexo. Um código de erro apareceu na tela.

— Desculpa, senhoritas, precisarei me ausentar por um momento.

Paola estava ocupada demais dando massa de cookie para Docinho de Coco para prestar atenção no que eu disse, mas Emily franziu a testa.

— E-mail do hospital. — Eu a beijei na bochecha.

— Sobre você sabe quem? — Ela apontou para a menina com a cabeça.

Forçando um sorriso, respondi:

— Eu não sei, por isso preciso ir até o escritório para ler a mensagem.

— Certo. Dã. — Ela fez uma cara pateta e bateu na lateral da cabeça.

Pegando um pano de prato enquanto passava, fui correndo até o escritório e fechei a porta às minhas costas. Pareceu levar horas para o computador ligar, e mais ainda para o e-mail carregar. Quando finalmente apareceu algo na tela, o corpo da mensagem continha apenas duas palavras: "Ver anexo".

Cliquei no arquivo e recebi a porra da mensagem de erro. Delagarza tinha enviado o resultado dos exames de Paola presumindo que eu fosse abri-los da minha mesa no hospital.

Que caralho. Tirei o celular do bolso e liguei para Dee.

Ela atendeu no primeiro toque.

— Você viu os exames dela?

— Não. Estou em casa hoje e amanhã. Não consigo abrir o anexo. — Pela voz dela, os resultados não foram o que esperávamos. — Está muito ruim?

— Deveríamos cancelar a cirurgia.

Resistindo ao impulso de socar alguma coisa, perguntei:

— Você poderia ser mais específica?

— É inútil. Mesmo *se* ela sobreviver à cirurgia, o músculo cardíaco e outros órgãos estão danificados demais. Ela morrerá de insuficiência cardíaca até o final do ano. — Delagarza repassou os exames como se estivesse falando sobre estatísticas de beisebol.

Resumindo, o coração de Paola estava muito pior do que pensamos de início. Junte a isso o estresse de deixar a família e o fato de a criança ter vivido com o tempo contado desde o dia que veio ao mundo, o corpinho estava desistindo.

— Então vamos fazer um transplante. — *Simples. Problema resolvido.* Eu poderia mantê-la viva até encontrarmos um doador. *Mas eu disse a mesma coisa antes e olha o que aconteceu.*

Delagarza riu. Ela soltou a porra de uma risada.

— Você não pode estar falando sério. Se a srta. Daniels não conseguiu uma reabilitação para a criança, ela não vai convencer o conselho, ou a companhia farmacêutica, a pagar pelos medicamentos imunossupressores pelo resto da vida da menina.

Mesmo odiando admitir, Delagarza estava certa. Paola precisaria de cuidados contínuos após o transplante. Cuidados que não estavam disponíveis na aldeia. Eu me recusava a desistir.

— Farei a cirurgia de reparação, conforme planejado.

— Por qual razão?

— Pela razão de que nós não temos nada a perder. Não fazemos nada, e ela morre. Fazemos a cirurgia, e há uma mínima chance de ela nos surpreender e sobreviver para enlouquecer os pais saindo com garotos que não são nada bons para ela. — Àquela altura, minha voz já estava ofegante. Levei uma mão trêmula à testa, e meus dedos voltaram úmidos. Logo depois, meu peito apertou e uma onda de náusea me atingiu.

Delagarza suspirou.

— Precisamos passar isso para o Rivera.

Eu precisava era desligar a porra do telefone e fazer os exercícios de relaxamento que o terapeuta me ensinou antes de a situação se transformar em um ataque de pânico completo.

— Deixa comigo.

— Esse não é um show de um homem só. Insisto...

— Falaremos com ele juntos. — Lutei para fazer as palavras passarem entre as arfadas. — O que você preferir. Mande os detalhes para o meu e-mail. Tenho que desligar.

Passo um, respire. Lutei para acalmar minha respiração ao contar inspiração e expiração em tempos de três. Ajudou um pouco, mas ainda me sentia como se estivesse saindo da minha pele.

Que merda eu estava pensando ao concordar em pegar esse caso? Em insistir que a criança morasse aqui? Eu estava louco?

Passo dois, reconhecer que estava tendo um ataque de pânico. *Feito.*

Passo três, praticar a consciência plena. *Eu estou muito ferrado. Como vou contar a Emily que não vou poder fazer a cirurgia?*

Passo quatro, relaxe um músculo de cada vez. Eu me estiquei no chão do escritório, pressionei uma mão no coração e a outra na barriga. Contando as respirações, alternei entre tensionar e relaxar os músculos faciais.

— Rhett? — De pé na porta, Emily me encarou.

— Estou tendo um... — Pigarreei. — Eu estou...

Sem dizer uma palavra, ela se deitou ao meu lado e colocou as mãos no peito e no abdômen.

Cheguei um centímetro para perto dela, até nossos ombros se tocarem. *Inspira, um, dois, três. Expira, um, dois, três.*

— Há quanto tempo você tem ataques de ansiedade? — ela sussurrou.

— Desde a morte da minha filha. — O coração acelerado e a rápida sucessão de pensamentos causados pelo ataque de pânico diminuíram, mas ele me deixou exausto, envergonhado e frustrado.

— Sei como é. Os meus começaram quando Jake morreu. — Ela virou a cabeça para mim. — É raro que cônjuges sejam convocados juntos, mas acontece. Eu estava trabalhando no dia em que o levaram com mais dois homens da unidade para o hospital de campanha.

A dor bruta na voz dela me fez querer envolvê-la em meus braços e pegar sua dor, mas eu sabia como as coisas eram. Nada poderia apagar o luto. Claro, diminuía com o tempo, mas era um monstro à espreita só esperando para atacar.

Apoiei a mão nas dela.

— Reconheci o corpo do Jake primeiro, mas eu sabia que ele estava ferido antes mesmo de eles chegarem. Ouvi o chamado do rádio de que feridos estavam sendo removidos da unidade dele, e eu simplesmente soube. — Ela puxou uma respiração trêmula. — No mundo civilizado, médicos não tratam familiares, mas nas forças armadas...

Engoli em seco. Não havia como ela saber o que eu tinha feito. Como quebrei as regras e a merda da ética que jurei manter. O quanto fui arrogante ao abrir o peito da minha filha e segurar o coraçãozinho dela.

— Nas forças armadas, médicos são integrados às tropas de combate. Temos que tratar nossos amigos. — Ela fechou os olhos e se virou para longe. — Mas eu não podia. Eu o vi... o que sobrou dele... e congelei.

— Foi bom você ter congelado. Bom pra caralho.

Ela sacudiu a cabeça.

— Talvez, ou talvez eu pudesse ter salvado o Jake. Talvez Zoe tivesse um pai agora se eu tivesse tentado.

— Ouça, você não é responsável pela morte dele. — Eu a segurei pela bochecha e virei o rosto dela para mim. O fato de eu ser a porra de um hipócrita não me passou despercebido.

Emily pressionou os lábios em uma linha fina e fez que sim.

— O e-mail foi o gatilho?

Levou um minuto para entender depois da mudança abrupta de assunto.

Em deve ter visto a minha hesitação como evasão, porque franziu a testa.

— Era sobre a Paola?

— Os resultados dos exames foram piores do que esperávamos. — Naquele momento, eu não confiava o suficiente no meu estado mental, ou no dela, para entrar em detalhes, então fui direto ao ponto.

— Não pretendo cancelar a cirurgia.

Mesmo eu não tendo a mínima ideia se iria conseguir fazer o procedimento sem ter a porra de um colapso.

Ela abriu a boca para falar, fechou e abriu novamente.

— Os resultados foram muito ruins?

— O músculo cardíaco está notavelmente mais fraco do que no exame anterior, e os outros mostraram diminuição das funções hepáticas e renais.

Ela ficou quieta.

— Ei, você mesma disse. Ela é um milagre. Se alguém pode passar por isso, esse alguém é ela. — Exagerei, mas precisava acreditar que havia uma chance, e Em também. Pelo simples motivo de que a menininha no outro cômodo precisava que fôssemos fortes.

— Não adoce as coisas para mim. Se a Paola não é forte o bastante para fazer a cirurgia, devo levá-la para casa, para os pais. Eles devem estar com ela quando...

E se ela não for forte o bastante para sobreviver ao voo?

— Estou fazendo o que é melhor pela minha paciente.

O ruído leve dos pezinhos preencheu o ar.

— Dr. Rhett? Srta. Emily?

Nós nos sentamos ao mesmo tempo, ambos secando o rosto.

— Estamos no escritório — respondi em espanhol.

Paola parou à porta e inclinou a cabeça para o lado.

— Por que vocês estão no chão?

Para fazer o mundo parar de girar, docinho.

— Pensamos em tirar uma soneca à sua moda. Quer se juntar a nós?

A menina balançou a cabeça.

— Eu durmo na minha tenda. Posso comer mais cookies?

— Que tal uma fruta? — Eu me levantei, peguei Em pela mão e a puxei até ela ficar de pé.

— Fruta e cookies? — Paola bateu palmas. — E leite.

— Fruta e leite. Ordens médicas.

Emily olhou entre nós.

— Você disse a ela que estávamos dormindo e prometeu bolo de fruta?

— Quase. Eu a convidei a se juntar a nós para tirar uma soneca no chão, mas ela prefere a cabaninha. E negociei fruta e leite no lugar dos cookies.

Ela me cutucou com o ombro.

— Cookies na cama, que delícia.

E, assim, a ligação da Delagarza, meu luto, a história dela, tudo isso, afagou-se na sarjeta junto com a minha mente.

— Srta. Daniels, você acabou de me fazer uma proposta?

Os olhos dela se arregalaram e o queixo caiu.

— Não?

Tamborilei o meu queixo.

— Acontece que eu me lembro de que você só responde perguntas com outras perguntas quando está com vergonha demais para dizer a verdade.

Ela pegou a mão de Paola e a levou em direção à cozinha, mas não antes de eu ter um vislumbre do rubor nas suas bochechas.

CAPÍTULO 13
Emily

Pela segunda noite seguida, Rhett e eu nos aconchegamos no sofá imenso com uma garrafa de vinho. Ao contrário da segunda vez, nós não cortamos a machadadas as histórias tristes que se penduravam sobre nossas cabeças. Foi ótimo. Não, foi melhor do que ótimo, pareceu ser como nos velhos tempos.

— Quer ver um filme? — Eu não tinha ideia de por que fiz aquela pergunta. Tínhamos dez anos de história para pôr em dia, e eu achava a vida de Rhett muito mais interessante do que qualquer coisa que Hollywood poderia produzir.

Ele me puxou para mais perto.

— Se você quiser, mas prefiro aproveitar nossa última noite de paz e silêncio antes de a minha mãe chegar amanhã.

— Falando em mãe, tem certeza de que quer que eu convide a minha para vir para cá? Só vi quatro quartos, incluindo a suíte principal.

— Certeza absoluta. Quero conhecer sua filha. — Ele me deu o sorriso que era a marca dos Hammond. — Se estiver preocupada com o espaço, nós podemos dividir.

Meu corpo gostou da ideia de dividir a cama com ele, mas meu cérebro pisou no freio.

— E quanto à empatada-foda da ética?

— Que se foda a ética. O que acontece por trás de portas fechadas é entre nós dois.

— Não acho uma boa ideia a Zoe me ver dormindo no seu quarto. Você vai ser o primeiro amigo homem que apresento a ela.

O brilho nos olhos dele me disse que ele gostou da ideia de reivindicar mais uma primeira vez comigo.

— Você não namora?

— Na verdade, não. Nada sério, pelo menos. — *Deus, eu sou patética.* — Entre o trabalho e criar minha filha sozinha, não tenho muito tempo livre. E você?

— Estive muito ocupado construindo minha carreira. — A expressão de Rhett ficou distante. Era óbvio que havia mais nisso aí do que ele queria dizer.

Aconchegando-me ao lado dele, eu disse:

— Bridget me contou que as enfermeiras te chamam de dr. Arrasa-Corações.

— Esse é um dos apelidos *bonzinhos* que elas me deram. — Ele suspirou. — Eu tenho uma má conduta, lembra?

Isso eu tinha que ouvir.

— Do que mais te chamam? — Dei uma batidinha nos lábios. — dr. Babaca? dr. Frieza?

Ele ergueu uma sobrancelha.

— Dr. Arrogante-demais-para-o-próprio-bem? — Eu era péssima para inventar apelidos, mas a cara que ele fez foi impagável.

Parecia que ele não sabia se ria ou se ficava ofendido.

— Dr. *Caremonda?*

— Você acabou de me chamar de dr. Caralho em espanhol?

Ô-ou.

— É isso que significa? O irmão mais velho da Paola fala muito essa palavra.

Ele jogou a cabeça para trás e riu.

Decidi parar antes de passar mais vergonha.

— De volta aos arranjos para dormir. Zoe pode ficar comigo, ou podemos colocar as meninas no mesmo quarto, e a minha mãe fica comigo.

— Não é necessário. — Ele invadiu meu espaço pessoal, falando com os lábios a um centímetro dos meus. — Você e Zoe podem ficar no meu quarto. Eu durmo no escritório. Fica na parte de baixo e é muito privado.

Não consegui ficar sem tocar Rhett nem um segundo a mais e, por tudo o que é mais sagrado, não podia me lembrar por que eu queria fazer isso, para início de conversa. Inclinando-me, beijei uma linha desde os lábios carnudos, passando pela barba espetada e terminando na orelha dele.

— O medo de ser pega sempre me deu tesão.

— Hummm... se alguém a vir lá embaixo, você poderia dizer que foi assaltar a geladeira.

As memórias me inundaram. Só que, desta vez, não me senti como se estivesse me afogando. Lembrar de nós, da forma como costumávamos ser, era como me afundar em uma banheira quente.

— Você tentou essa com a minha mãe uma vez, e não deu certo.

Ele desenhou círculos na minha coluna.

— Bem, só porque eram duas da manhã e eu estava na cozinha da casa dela.

Rindo, eu me afastei.

— Ela também não caiu na do sonambulismo.

— Não. — Ele observou o meu rosto. — Paola está dormindo... e a babá eletrônica está ligada. Estamos praticamente sozinhos.

O engraçado em ir para o lado mais físico com alguém pela primeira vez, ou pela primeira vez em muito tempo, era que, desde que as partes envolvidas agissem por impulso, os hormônios tomavam a dianteira. No entanto, no momento em que o cérebro se envolvia, as coisas ficavam muito mais complicadas.

— Eu não vou trepar com você hoje à noite, mas tenho algo em mente — soltei.

Rhett piscou várias vezes.

— Trepar comigo?

— Você sabe o que eu quis dizer. — Constrangida, tentei me afastar.

Ele não se moveu. Se fez alguma coisa, foi me segurar com mais força.

— Nunca te ouvi chamar o ato assim.

— Ofendi seus ouvidos delicados?

— Muito pelo contrário. — Ele olhou para o pau lutando contra a calça jeans. — O que tem em mente? E, por favor, diga que envolve orgasmos.

A forma muito adulta com a qual ele me encarou me fez pensar duas vezes.

— Promete que não vai rir.

— Não, mas prometo fazer qualquer coisa que você pedir.

— Lembra de quando éramos mais novos e costumávamos dar uns amassos totalmente vestidos?

— O quê? Ficar relando? — Ele sorriu de orelha a orelha.

Eu fiz que sim.

— Nunca, nem nos meus maiores acessos de loucura, pensei que estaria negociando os termos de uma ralação na minha idade. — Ele riu. — Estou dentro. Quais são as regras?

Revirei os olhos.

— Regras do primeiro ano do ensino médio. As roupas não saem...

— Tá, mas modificamos essa regra em janeiro para incluir tirar as roupas do caminho desde que elas continuem no nosso corpo. — Ele agitou as sobrancelhas.

Meu Deus, como senti saudade dele. Ninguém me fazia rir como Rhett.

— Não sei se é uma boa ideia. Quando eu der por mim, você vai estar tentando me convencer de que deixar a calcinha pendurada no pé conta.

— Ora essa, era você quem estava me implorando para tirar sua virgindade.

Ele estava certo, mas eu não tinha a mínima vontade de dar essa satisfação a ele.

— Não era só eu que estava implorando.

Concordamos em esperar até depois da formatura para fazer sexo *de verdade*. Pareceu uma boa ideia na época, mas os hormônios adolescentes fizeram daquela promessa um pesadelo.

— Devemos apertar as mãos ou fazer juramento de mindinho? — Ele ofereceu o dedinho.

Sorri.

— Só vem aqui e me beija antes que eu mude de ideia.

Rhett fez algum movimento de luta livre e me prendeu ao sofá antes que eu pudesse entender o que tinha acontecido.

A sensação daquele corpo grande sobre o meu foi estranha, mas familiar pra caramba. Tive dificuldade para processar tudo. Avisos soaram no fundo da minha mente. *É temporário. Não se apegue. Você mora na Flórida. Ele tem uma vida aqui. Divirta-se, mas esteja preparada para ir embora.*

Meu cérebro podia ter resistido a algo mais físico com Rhett, mas o meu corpo não tinha esses problemas. Como se tivessem mente própria, meus quadris se ergueram.

O rala e rola estava bom, mas eu não queria bom ou aquecido ou provocante. Eu o queria. E já que não poderia tê-lo, eu precisava de mais fricção, muito mais fricção.

Passei a mão pelas costas dele até chegar à bunda e a agarrei.

Rhett enfiou os dedos nos meus cabelos e me beijou mais profundo e com mais força do que fui beijada em anos. Ele me beijou como se me quisesse, como um homem determinado a me possuir, e amei cada segundo.

Eu me perdi nele até nada mais existir, a não ser o emaranhado de línguas e de braços e pernas e o calor se reunindo entre as minhas coxas. *Meu Deus, eu já vou gozar.*

Rhett gemeu e baixou a cabeça. Indo mais para baixo, ele puxou meu mamilo para dentro da boca através da camisa.

Que merda eu estava pensando? Uns amassos? Eu não podia com isso. Queria sentir a pele dele na minha. Eu o queria dentro de mim, me fodendo até eu esquecer meu próprio nome.

— Esqueça o que eu disse. Quero você.

Ele olhou para cima, com o meu mamilo coberto pela blusa entre os dentes.

Eu morri. Entre aqueles maravilhosos olhos escuros e o sorriso pecaminoso, eu estava totalmente perdida.

Rhett o soltou e franziu as sobrancelhas.

— Não.

— Não? O que você quer dizer com não?

— Você vai se arrepender. — Ele gastou tempo lambendo, chupando e mordiscando meus seios.

Ele estava certo, mas, porra, não éramos mais crianças. Éramos adultos com necessidades de adultos, cacete.

Todo pensamento lúcido me deixou quando Rhett voltou para cima de mim e ergueu minhas pernas até a cintura dele. Mais uma vez, viramos um emaranhado de pernas, mãos massageando seios, unhas cravando em ombros, relando, tateando. A paixão ameaçou me consumir.

— Estou te machucando? — Rhett sussurrou no meu ouvido.

— Não, não, por favor, não para — implorei, esfregando o clitóris no seu pau duro e no montinho ao longo da costura do zíper da calça dele. Dentro de segundos, eu explodi.

Rhett enrijeceu, deu mais uma estocada, completamente vestido, e gemeu o meu nome.

Quando nos recuperamos, ele nos virou de lado e me segurou junto ao peito.

Virei o rosto para cima, em direção ao dele, e o beijei na mandíbula.

— Foi mais intenso do que eu me lembrava.

Rindo, ele disse:

— E mais sujo. Presumo que não vamos negociar os termos de tomar banho juntos.

— Isso só aconteceu na faculdade.

Ele sacudiu a cabeça.

— Não é verdade. Eu me lembro muito bem de você sentada no meu banheiro, enquanto eu tomava banho depois daquele babaca da defesa ter me causado uma concussão no jogo de futebol americano.

— É verdade. Acho que posso te ver tomar banho. Se você tirar a poeira daquele uniforme e convencer algum cara de cento e cinquenta quilos a usar sua cabeça como pula-pula.

CAPÍTULO 14
Rhett

Conhecer Emily novamente foi quase tão divertido quanto da primeira vez. Quase. Não éramos mais crianças ingênuas. A vida nos ensinou que as coisas nem sempre saíam conforme o esperado, e as pessoas que você mais amava eram as que podiam te magoar mais.

No caso em questão, Sarah Hammond, minha mãe.

Minha mãe e Emily estavam sentadas à mesa da cozinha fofocando como menininhas. O assunto? *Eu.*

— Lembra de quando Rhett ficou com a cabeça presa entre as ripas de madeira do parquinho? — Minha mãe riu. — Os paramédicos tiveram que subir no teto da torre para soltar o menino.

— Lembro! Eles levaram uma serra elétrica e ele não parava de gritar: "Não corta a minha cabeça. Não vou fazer isso nunca mais". — Emily caiu na gargalhada.

Paola parou de olhar para o livro de colorir. Sem entender uma palavra do que estava sendo dito, graças a Deus, ela inclinou a cabeça para as duas antes de se virar para mim.

— Estão contando piada?

— Histórias de quando eu era menino. — Mexi o frango com legumes uma última vez e os despejei na tigela.

A menina fez cara de desagrado.

— Posso comer um x-burguer?

— Hoje não. — Apontei para o molho shoyo na bancada. — Por favor, coloque aquilo ali na mesa.

Ela revirou os olhos, mas fez o que pedi.

Não tinha percebido até aquele momento o quanto sentia falta de trabalhar com crianças. Quando diagnosticados com uma doença potencialmente letal, os adultos tendiam a barganhar ou mudar de vida ou buscar uma religião. Porra, alguns chegavam ao fundo do poço da negação e começavam a riscar itens da lista de coisas a fazer antes de morrer. Por outro lado, as crianças levavam numa boa. Elas se comportavam como crianças saudáveis até o corpo começar a lhes tirar as escolhas.

— Estou ansiosa para ver a Mary. Quando ela chega? — Minha mãe lançou um sorriso inocente para mim e Emily.

Eu não caí naquela nem por um segundo. Nossas mães jamais deixariam algo tão monumental quanto Emily e eu estarmos debaixo do mesmo teto passar sem ao menos uma verdadeira conferência.

— Emily as pegará depois do jantar.

Minha mãe soltou um muxoxo.

— Sério, Rhett? Eu te dei uma criação melhor que essa. Por que *você* não vai com ela ao aeroporto? Paola e eu ficaremos bem aqui por uma hora.

— Pensei que você e o Rhett fossem precisar de um tempinho para colocar a conversa em dia sem terem companhia — disse Emily.

— Que fofo da sua parte, mas eu vejo o meu filho o tempo todo.

— Mãe, a Emily quer conversar com a filha antes de apresentá-la a mim. — Coloquei o frango xadrez sobre a mesa.

Paola olhou de um adulto para o outro, apoiou o rosto na mão e fez careta para a comida.

Ouvi dizer que o relógio biológico das mulheres apitava, mas sempre achei que essa merda acabava na menopausa. Eu estava errado.

Minha mãe estava totalmente ligada no modo avó.

— Você não vai forçar essa criança a comer acelga-chinesa e cebola, né?

Paola se animou e falou em um inglês perfeito:

— X-burguer.

Emily riu.

— Na Colômbia, a família dela tem uma alimentação bem saudável para os padrões daqui. Frutas, vegetais e grãos integrais.

— Bem, é óbvio que ela não quer frango xadrez. — Minha mãe apontou para mim. — Você não tem nugget e macarrão com queijo?

— Sou cardiologista. A senhora acha mesmo que tenho esse tipo de coisa em casa? — Eu me larguei na cadeira e servi a Paola uma pequena porção do que preparei para o jantar.

Minha mãe arqueou uma sobrancelha.

— É o que você diz, dr. Maravilha, mas eu vi o estoque de brownies e cookies lá dentro.

— Dr. Maravilha. — Paola sorriu.

— Ã-ã. — Eu a cutuquei nas costelas. — *Come la cena*. Coma sua comida.

Emily olhou o relógio e atacou.

Minha mãe se reafirmou ao tirar as cebolas antes de comer. Ela fez um som de quem gostou e permaneceu abençoadamente quieta por cinco minutos inteiros. No entanto, ela observava Emily e eu como um falcão. Eu a peguei me dando aquele olhar de *mamãe-sabe-tudo* a cada vez que eu ousava olhar para Emily, e minha mãe quase engasgou quando me distraí e coloquei a mão sobre a de Em.

Emily estava com um comportamento tão estranho quanto o dela. Ela puxou a mão e jogou o guardanapo na mesa.

— Olha a hora. É melhor eu ir.

— Dirija com cuidado, querida. — Minha mãe me cutucou no segundo em que Emily deu as costas.

A menininha riu.

— Sim, dirija com cuidado... querida. — Eu não sobreviveria nem por uma hora se aquilo continuasse, que dirá se minha mãe ficasse durante a cirurgia e a recuperação de Paola.

Minha mãe me olhou nos olhos, arregalou os dela e apontou para o foyer com a cabeça.

Mensagem entendida. Eu me levantei e acompanhei Emily.

No segundo em que a porta se fechou atrás de nós, ela soltou:

— Ela não mudou nada.

Joguei a cabeça para trás e olhei para o céu.

— Não.

— Tem certeza de que quer adicionar minha mãe nessa confusão? As duas juntas vão ser impossíveis.

— É tarde demais para voltar atrás. Além disso, volto a trabalhar amanhã. *Eu* vou passar bastante tempo no hospital. — Inclinei-me e a beijei rapidamente nos lábios.

Ela arregalou os olhos.

— Está planejando me deixar aqui com elas?

— Você tem reuniões para ir. — Eu me virei para casa e podia jurar que vi as cortinas se movendo. *E agora o quê? Minha mãe vai apagar e acender a luz da varanda sinalizando que é hora de entrar?*

— Não é suficiente, nem um pouco suficiente. — Ela riu e correu até o carro.

Sarah Hammond estava sentada à mesa da cozinha quando entrei, mas a cara de satisfação me disse que esteve nos espionando.

Ela me observou e sacudiu a cabeça.

— Eu ia dizer para você pensar bem e levar as coisas devagar, mas é tarde demais, não é?

Voltei para o meu jantar pela metade.

— Não sei do que a senhora está falando.

— Enquanto você ia com o milho, eu já voltava com o fubá, Rhett. — Ela bebericou o chá. — O que você pretende?

Olhei para Paola antes de prestar atenção na minha mãe.

— Não pretendo nada. Está sendo ótimo conhecer a Emily novamente, mas ela mora na Flórida. Eu não posso juntar tudo e ir embora de novo.

— Talvez não imediatamente...

— Eu não vou me mudar.

Ela fechou a cara.

— Teve notícias de Lila ultimamente?

— Infelizmente. — A menção da minha ex-mulher era como jogar um balde de água fria na minha cabeça. Eu não podia me mudar para a Flórida. Acabei de terminar a reforma da casa, tinha um emprego que eu tolerava e fiz alguns amigos, mas não dava a mínima para nada disso. Eu não podia ter nada permanente com a Emily porque Lila faria da vida dela um verdadeiro inferno, assim como tem feito da minha nos últimos dez anos.

— O que ela fez desta vez?

— Ela quer dinheiro para uma inseminação artificial. Neguei, e ela deu um chilique.

Minha mãe levou a mão ao peito.

— Por favor, me diga que aquela mulher não está mesmo pensando em ter outro filho.

— Temo que sim. — Fiquei de pé e joguei a comida no lixo sem qualquer cerimônia.

— Emily viu a Lila?

— Ela chegou no finzinho. — Peguei uma banana e troquei o frango xadrez não-comido de Paola pela fruta.

— Rhett, sei que não tenho o direito de dizer isso, mas a Emily já passou por muita coisa. — Ela suspirou. — Mary está com medo de a filha acabar magoada. Ela nunca apresentou a Zoe para homem nenhum. Isso é importante.

— Eu sei, mãe. Eu sei. Mas Em e eu estávamos nos esforçando para reconstruir nossa amizade. Não estamos pensando a longo prazo. — Não era mentira. Claro, pensei em como seria me aconchegar com ela no sofá todas as noites. E, sim, eu queria acreditar que tudo se sairia bem entre nós, mas eu era esperto o bastante para saber que o felizes para sempre com Emily era uma mistura de tiro no escuro com sonho impossível.

Ela olhou de relance para Paola.

— Ela é uma graça.

Fazendo que sim, eu me preparei para o que estava por vir.

— É uma boa ideia se apegar à sua paciente?

Depois que Ashlyn morreu, meus pais me ajudaram a juntar os cacos. Parar de trabalhar com medicina pediátrica foi ideia da minha mãe. Para ser sincero, fiquei surpreso por ela ter levado tanto tempo para abordar o assunto.

— Provavelmente não, mas é uma longa história.

Ela apontou para o relógio.

— Temos meia hora. Desembucha.

Eu era um homem adulto, um médico, um dos melhores na minha especialidade, mas lavei a alma com a minha mãe. Contei tudo sobre o conselho, Delagarza, o caso de Paola e os meus sentimentos por Emily. Tudo, bem, menos os amassos no sofá.

Ainda tinha orgulho, caramba.

CAPÍTULO 15
Emily

Do aeroporto até a casa de Rhett, Zoe falou até minhas orelhas quase caírem. Eu mal consegui dizer uma palavra, mas pude contar a ela que ficaríamos na casa de um velho amigo meu. Ela passou a me informar de todos os detalhes da festa de aniversário que estava chegando, e eu imaginei se ela tinha entendido que o meu amigo era um homem.

Minha mãe ajeitou o cabelo, retocou o batom e vasculhou a bolsa pela milésima vez. Ela não tinha parado de se mexer desde que entrou no carro.

Minha paciência ruiu quando ela torceu um lenço até a coisa de desintegrar em seu colo.

Ergui a mão e tirei o Kleenex da mão dela.

— Algo te incomodando?

— Não. Por que a pergunta?

— O assassinato do lenço, para começar. — Olhei para Zoe pelo espelho retrovisor.

Ela sorriu e acenou.

— A vovó disse para alguém no telefone que estava preocupada com o seu coração.

— Zoe. — Minha mãe se virou para o assento traseiro. — Não é legal ouvir a conversa dos outros.

— Meu coração está bem. — Dei uma piscadinha para o reflexo dela. — Você deve ter entendido errado. A vovó devia estar falando da menininha que estou ajudando.

Minha mãe fez que sim e me olhou de soslaio.

— É, foi isso.

— Zoe-lander, antes de chegarmos à casa do meu amigo Rhett, há algumas coisas que você precisa saber.

— Tipo o quê?

— Paola é diferente de você...

— Todo mundo é diferente de mim. Porque todo mundo é especial. — Ela me fez cara de *dã*.

— É, mas às vezes a doença faz com que ela fique azul.

— Como um ET? — Zoe se eriçou.

Eu ri.

— Ela não é como os personagens de *Avatar*, é mais a boca e as unhas dela.

Ela franziu a testa.

— Que droga.

— O importante é que ela não pode correr e brincar como você e seus amigos. Ela se cansa com muita facilidade. Então, nada de botar fogo na casa. E Paola fala espanhol. É capaz de não entender quando você falar com ela.

— Tá bom. — Ela franziu ainda mais a testa.

Entre a reação das nossas mães e de Zoe às notícias, não pude deixar de repensar minhas decisões. Aquilo tinha potencial para terminar em desastre, ou em colapso nervoso. Para não mencionar que eu gostava da ideia de ter Rhett para mim à noite. Com tanta gente na casa, eu duvidava de que teríamos um momento a sós.

— Mamãe?

— Oi?

— A Paola pode me ensinar a falar espanhol? Posso ensinar inglês a ela. — Zoe deu de ombros. — Ou podemos colorir e brincar de boneca. Eu trouxe as minhas Barbies.

E, assim, minha preocupação sobre as meninas se darem bem desapareceu. Agora, se ao menos Rhett e eu pudéssemos acalmar nossas mães com a mesma facilidade...

Rhett, Sarah e Paola estavam esperando na varanda quando estacionei.

Zoe pressionou as mãos na janela e encarou.

— É ela?

— É, e aquele é o meu amigo Rhett e a mãe dele, a sra. Hammond.

Ela olhou para trás e riu.

— Eu conheço a sra. Hammond. Ela é a melhor amiga da vovó.

— É mesmo. Como eu pude esquecer? — murmurando, abri o porta-malas.

Rhett me encontrou na traseira do carro e pegou a bagagem. Os olhos pareciam vidrados, a mandíbula rígida, até mesmo o sorriso era forçado.

— O que aconteceu enquanto eu estava fora? — sussurrei.

— Nada, por quê?

— Você está estranho. — Parecia que ele tinha construído uma muralha em torno de si. *Ele está nervoso por conhecer a Zoe e ver a minha mãe? Ou é por outra coisa?*

— Foi um longo dia. — Ele se virou e carregou as malas até a varanda.

Mary e Sarah estavam se abraçando e sussurrando. Embora as duas sorrissem, eu tinha a sensação de que estavam falando sobre mim e Rhett.

As meninas começaram uma brincadeira de encarar. Zoe colocou as mãos na cintura, e Paola ergueu o queixo e a encarou. Como se coreografadas, a batalha de vontades terminou e as meninas sorriram e se abraçaram. Zoe, sendo Zoe, fez um mundo de perguntas. Para minha surpresa, Paola conversou em espanhol. Não havia como elas estarem se entendendo, mas esse detalhe pareceu não importar.

Eu me juntei a Rhett no *foyer*.

— Quer que eu te apresente a Zoe?

— Mais tarde. Eu odiaria interromper as duas. — Ele sorriu. — Isso é o máximo que eu já ouvi Paola falar.

— Zoe é uma matraca.

Ele observou as meninas por alguns segundos.

— Ela se parece com você.

— Bastante, só que ela tem os olhos do Jake.

Ele afastou o olhar.

Mais uma vez, tive a impressão de estar perdendo algo importante.

— Conversa comigo.

— Mais tarde. Quando estivermos sozinhos. — Rhett se virou para as escadas.

Zoe e Paola passaram zunindo em uma afobação de gestos e risadinhas.

Sem perder um segundo, Rhett largou as malas, pegou Paola no colo e a carregou lá para cima. A menina se contorceu e choramingou em espanhol. Ele disse alguma coisa com a voz firme, e ela parou.

Zoe os observou até eles estarem fora de vista e se virou para mim.

— Por que ele fez aquilo?

— Porque ela está doente demais para subir sozinha. — Peguei a mão dela, e os seguimos a passo lento.

— Ele é o pai dela? — Ela olhou para mim com aqueles enormes olhos azuis.

Meu peito se apertou. No decorrer do ano passado, ela perguntou sobre o pai ao menos uma vez por semana.

— Não, ele é médico dela.

— Ele não *parece* um médico.

Não brinca.

— Isso porque você só conhece um médico, e ele é muito mais velho do que o Rhett.

O pediatra de Zoe já era velho quando o mundo era jovem, mas ele tinha um jeito com as crianças que as deixava mais à vontade. Agora que eu pensava no assunto, Rhett tratava Paola do mesmo jeito amigável e firme. Mesmo eu entendendo as razões dele para mudar de especialidade, era uma pena ele ter parado de trabalhar com crianças.

Zoe espiou o quarto de Paola e os olhos dela se arregalaram.

— Isso é tão legal!

Eu não podia deixar passar mais um minuto sem apresentá-la a Rhett.

— Zoe, esse é o meu amigo Rhett.

Ele se abaixou até ficar na altura dela.

— É um prazer te conhecer, Zoe.

Ela inclinou a cabeça para o lado.

— A vovó disse que você é o melhor amigo da mamãe.

— Desde que tínhamos mais ou menos a sua idade. — Ele olhou dela para mim.

Zoe franziu o nariz.

— As pessoas implicavam por você ter uma melhor amiga menina?

— *Pshh.* — Ele abriu um sorriso *você-está-de-brincadeira* para ela. — Sua mãe jamais deixaria que implicassem comigo.

— Ela também não deixa ninguém implicar comigo. — Zoe olhou para ele. — Se você é o melhor amigo dela, por que nunca visitou a gente?

Rhett olhou para mim como se estivesse buscando ajuda.

— Boa pergunta. Estaria tudo bem para você se eu fosse à Flórida de vez em quando?

— Claro. — Ela se virou para Paola. — Posso entrar?

A menina sorriu e fez sinal para Zoe se juntar a ela.

Minha filha olhou para mim como se pedisse permissão.

— Vá, mas se lembre de não fazer algazarra e só pode ficar um pouquinho. Já está quase na hora de dormir. — Liguei a babá eletrônica no caso de as meninas ficarem muito agitadas.

Cruzando os braços, Rhett as observou. O espaço entre as sobrancelhas estava franzido, e ele pressionou os lábios em uma linha fina enquanto lutava para segurar as emoções.

Fui até ele e sussurrei:

— Venha comigo.

Fazendo que sim, ele abaixou o queixo e secou os olhos.

Assim que chegamos ao corredor, peguei a mão dele e o puxei para a suíte principal.

— Deve ser difícil para você.

Ele suspirou e encarou o teto.

— Eu deveria ter esperado isso, mas não foi o que aconteceu.

— O luto é assim mesmo.

Rhett me puxou para o peito e me abraçou com tanta força que temi que ele fosse quebrar minhas costelas.

— Fiquei de luto quando você foi embora.

As palavras dele me cortaram com a precisão de um bisturi.

— É ótimo te ter de volta na minha vida.

Tentei me afastar o suficiente para ver seu rosto, mas ele não me soltou. Se muito, ele me segurou com menos força.

— Nunca pensei que fosse dizer isso, mas fico feliz por ter aceitado ir àquele encontro às cegas.

— Eu não acho que poderia suportar se você desaparecesse por mais dez anos. — A voz dele falhou.

— Não vou a lugar nenhum. Prometo.

Ele finalmente afrouxou um pouco o abraço.

Um arrepio substituiu o calor do corpo dele e se assentou nos meus ossos. Olhei-o nos olhos e meu fôlego ficou preso. Ele estava com a mesma expressão perdida e confusa da noite que me contou que pediu Lila em casamento.

— Rhett, você está me assustando. O que está acontecendo? Sua mãe disse alguma coisa que te chateou?

— Ela está preocupada. — Ele abaixou o queixo. — Com a gente.

— A minha também, mas nós não somos mais crianças. Podemos tomar nossas próprias decisões.

— Podemos mesmo? — Rhett deu um passo para trás.

Aonde ele quer chegar com isso?

Ele virou a cabeça.

— Temos responsabilidades, empregos, você tem uma filha cuja vida é em Orlando.

— Só se passaram alguns dias. É cedo demais para nos preocuparmos com a logística de um relacionamento a distância. — Eu queria tocá-lo, mas não consegui.

Parecia muito que ele estava me dispensando. De novo.

Ele estremeceu e sacudiu a cabeça.

— O que estou tentando dizer é que a nossa amizade é importante demais para ser posta em risco.

O cara estava me dando um "chega pra lá".

— Ok?

— Acho que deveríamos ir devagar, deixar as coisas platônicas. Nos conhecermos...

— Você quer que sejamos só amigos. — As palavras tinham um gosto amargo. Mesmo que eu fosse amar discutir com ele, me lançar a outro de nossos debates extremamente longos e acalorados, não podia fazer aquilo. Mesmo que eu quisesse que as coisas fossem diferentes entre nós, não tínhamos uma máquina do tempo para consertar o passado, e o futuro parecia complicado demais.

— Quero. — Ele me olhou nos olhos. — Preciso de você na minha vida, Em. Eu não quero sexo...

Ergui a mão.

— Entendi. Não há razão para explicar ou se preocupar com isso. Concordo. Prefiro ter você na minha vida como amigo do que não te ter porque forçamos algo que é melhor deixar no passado.

Eu quis dizer aquilo, mas, lá no fundo, pareceu mentira.

CAPÍTULO 16
Emily

Comparada às paredes beges e estéreis e ao piso reluzente da parte principal do hospital, a sala de conferência parecia deslocada. Com as elegantes poltronas de couro e a mesa ultramoderna, ela se encaixaria melhor em uma das empresas da lista das quinhentas corporações mais bem-sucedidas da revista *Fortune*. Francamente, aquilo me deixou nauseada.

A Healing Hearts podia cuidar de uma centena de crianças só com o valor dessa mesa.

Eu me sentei mais ereta e fiz o meu melhor para fingir que entendia o relatório que Delagarza lia sobre o resultado dos exames de Paola. Mesmo eu tendo estudado sobre a tetralogia de Fallot e lido o histórico médico dela, não tinha formação em medicina. Metade das palavras que ela usou boiaram na minha mente, e as que eu entendia pareciam estar fora de contexto, como se eu estivesse perdendo a visão do todo.

Rhett manteve os olhos fixos na papelada à sua frente. Ele não tinha dito uma palavra desde a troca de cumprimentos e o início da reunião.

Caramba, ele não falou comigo desde a conversa que tivemos ontem à noite. Para ser justa, ele saiu de casa antes de o sol nascer e entrou correndo na sala do conselho cinco minutos atrasado, mas ainda assim... Ele poderia ter falado alguma coisa rapidamente ou ter sorrido na minha direção.

Delagarza fechou a pasta e olhou ao redor da sala.

— Recomendo que cancelemos a cirurgia.

O quê? Ela pode fazer isso? Encarando Rhett, prendi o fôlego, esperando que ele a contradissesse.

O Diretor Clínico, o dr. Rivera, se recostou na cadeira e descansou os braços na barriga.

— A menina já está aqui. Temos que pensar na opinião pública. Com a cobertura da imprensa... — Um homem mais velho usando um terno caro me olhou e fechou a boca na hora.

Rhett se virou para Rivera.

— Como o cardiologista principal desse caso, discordo da avaliação da dra. Delagarza. O resultado dos exames da paciente foi desencorajador, mas eles não pintam o quadro todo. A menina é uma guerreira. Ela sobreviveu mais tempo do que o prognóstico inicial, e fez isso em circunstâncias longe de ideais.

Delagarza fechou a cara.

— Rhett, com todo respeito, os pais de cada criança neste hospital chamam os filhos de guerreiros. Os resultados mostram muito bem que ela não é forte o suficiente para sobreviver a uma cirurgia tão invasiva.

Dr. Rivera olhou de um para o outro, parecendo nada impressionado com a conversa.

— Já fez esse tipo de procedimento em uma criança cuja situação se deteriorou a esse nível, *dr. Hammond?*

— Não, não em um estágio tão avançado. A maior parte dos pacientes de tetralogia de Fallot daqui do país fazem a cirurgia de correção antes do primeiro aniversário.

Rivera se virou para mim.

— Srta. Daniels, qual é o protocolo da sua organização em casos como esse?

— Acatamos o conselho dos médicos. — Olhei ao redor da mesa e me certifiquei de encarar cada membro do conselho nos olhos. — Todos queremos que ela faça a cirurgia e que tenha uma vida longa, mas se não for possível... — Engoli o nó que se formava em minha garganta. — Se não for possível, eu gostaria de levar a menina de volta para os pais antes que ela fique doente demais para viajar.

— Acredito que já passamos desse ponto — disse Delagarza. — O desgaste da viagem e o pouco oxigênio no voo serão um problema.

Eu não conseguia fazer o meu cérebro entender a situação.

— Ela veio há menos de uma semana sem problema algum.

— Entendo. No entanto, as mudanças nos exames desde a chegada dela são alarmantes.

— Dr. Hammond? Tem algo a acrescentar? — Eu o encarei, com muita esperança de que ele tivesse uma opinião diferente.

Ele evitou o meu olhar. Em vez disso, falou com Rivera:

— A menos que eu receba ordens diretas para dispensar a paciente, pretendo realizar o procedimento assim que puder agendar uma sala de cirurgia e iniciar os medicamentos pré-operatórios.

O suspiro de Delagarza rivalizou com o de Zoe, e ela teve praticamente a mesma atitude.

— Em conversa anterior, o dr. Hammond disse que preferia que a criança morresse na mesa de cirurgia a enviá-la para casa sem qualquer chance de sobrevivência.

Minha mão voou para a garganta. Nós falamos daquilo. Eu disse para ele não adoçar a situação para o meu benefício. Caramba, falei para ele que preferia que ela morresse em casa rodeada pela família do que em uma mesa fria dentro de uma sala de cirurgia.

Rivera ergueu uma sobrancelha.

Rhett colocou as mãos na mesa e respirou fundo.

— Me deixe esclarecer as coisas. Estou fazendo o melhor para a *minha* paciente. Ninguém aqui tem uma bola de cristal. Pessoas aparentemente saudáveis morrem em cirurgia, enquanto outras, em situação muito pior, sobrevivem.

Delagarza balançou a cabeça.

— Deliberei sobre o caso com o dr. Dickson. Ele concordou em supervisionar os cuidados da criança e, caso o prognóstico melhore, me auxiliará durante a cirurgia.

Rivera estreitou os olhos.

— Já tivemos essa discussão antes. Ela é paciente do dr. Hammond. Já que vocês dois estão em óbvio desacordo sobre qual caminho seguir, você não ajudará mais no caso.

Delagarza cuspiu fogo.

— Ele não trabalha em pediatria há anos.

— Fim da discussão. — A pele de Rivera foi de pálida a vermelho rubi. — Reunião encerrada.

Fiquei de pé com as pernas bambas e fui para o corredor. Em todos os meus anos na Healing Hearts, nunca me vi numa situação tão complicada quanto essa. Claro, médicos davam para trás nos acordos, a direção do hospital decidia não doar o tratamento, crianças estavam doentes demais para a cirurgia. Essas merdas aconteciam. Mas dois médicos fazerem isso durante o tratamento era completamente diferente.

Preciso de uma terceira opinião. Agora mesmo.

Voltei correndo para a sala do conselho e mantive a cabeça baixa e a boca fechada. A última coisa de que eu precisava era alguém me encurralar e fazer perguntas sobre a Paola. Corrigindo. A última coisa de que eu precisava era falar com Rhett... não até eu ter tempo para processar tudo o que acabou de acontecer.

Peguei uma das cópias dos exames de Paola e enfiei na bolsa.

Rhett me olhou com curiosidade, mas voltou a conversar com o senhor bem-vestido.

De volta ao corredor, peguei meu telefone e liguei para o Simon.

— Oi, querida. Como foi a reunião com o conselho?

Presumi que ele estivesse no ambulatório, mas a televisão e a voz das crianças ao fundo indicavam outra coisa.

— Confusa. Você está em casa? Preciso da sua opinião sobre um assunto.

— Estou cuidando das gêmeas enquanto Bridget está na reunião de pais e mestres do Brendan. — Ele baixou a voz. — Posso fazer uso de um pouco de conversa adulta. Essas duas não pararam de falar desde que acordaram hoje de manhã.

— Estou a caminho.

Vinte minutos depois, entreguei a Simon um café muito caro e os exames de Paola.

Ele ergueu o copo em um brinde de brincadeira.

— Obrigado, mas não precisava me subornar.

— É o mínimo que eu podia fazer. — Apontei para as cópias. — Leia esses exames e me diga se acha que ela é forte o bastante para fazer a cirurgia.

— O que Rhett acha? — Simon ergueu a folha de cima e olhou a primeira página.

— Prefiro não dizer até ouvir sua opinião.

Ele alternou entre beber e ler. Além do curvar de lábios para baixo ou uma careta ocasional, Simon não deu pista do que estava pensando.

Não pude suportar a espera.

— E aí?

— Eu repetiria os exames. — Ele me entregou os papéis.

É isso? Repetir os exames?

— Posso pedir ao Rhett para fazer isso. Hipoteticamente falando, digamos que os resultados dos exames sejam os mesmos... você recomendaria a cirurgia?

— Eu não sou cardiologista. Você deveria perguntar ao Rhett.

— Estou perguntando para você. Houve uma discussão acalorada na reunião de hoje. Preciso de um desempate. Se ela fosse sua paciente, você faria a cirurgia?

— Sem dúvida. — Ele apoiou os antebraços na mesa e me olhou nos olhos. — Sem a cirurgia, ela não tem chance. Com a cirurgia, ela tem uma chance.

Eu me larguei na cadeira.

— Foi o que Rhett disse.

Simon bateu na lateral da cabeça.

— Grandes mentes pensam igual.

— Pelo bem de Bridget, espero que você esteja errado quanto a isso. — Suspirei. — Rhett é o homem mais confuso de todo o planeta.

Ele me lançou um olhar de quem entendia.

Por que não pensei nisso antes? Simon conhecia Rhett. Eles eram amigos, possivelmente bons amigos. Por que mais ele teria me enganado para ir a um encontro às cegas com ele?

— Me conta sobre a política antiencontros do Rhett?

— A o quê dele? — Simon olhou ao redor da cozinha como se buscasse uma rota de fuga.

— Na noite do encontro às cegas, você falou que não disse a Rhett que arranjou um encontro para ele porque ele era *antiencontros*.

Simon passou a mão pelo cabelo já desgrenhado.

— Tem certeza de que eu disse isso?

— Disse. — Já que ele parecia estar jogando queimada com a minha primeira pergunta, decidi lançar outra na cabeça dele.

— Acontece que... Rhett e eu estamos nos aproximando. Eu o deixei com a mãe por uma hora e, quando voltei, tudo mudou. É como se ele tivesse construído uma fortaleza de gelo para si e não me deixa entrar.

— As mães têm um jeito de fo... — Ele olhou ao redor, como se se certificando de que as filhas não estavam ao alcance da voz. — ... foder com a cabeça dos filhos.

— Foi o que imaginei, mas o que posso fazer?

— Você deveria perguntar a Bridget. — Ele ficou de pé e se ocupou arrumando a cozinha.

— Bridget não está aqui. Além do mais, sua esposa me disse que foi ela quem ficou empatando o relacionamento de vocês. O que você fez para que ela mudasse de ideia?

Um sorriso presunçoso cruzou o rosto dele.

— Escrevi uma carta obscena para ela.

Humm. Interessante.

— O que você escreveu? — Percebi o que perguntei e gesticulei. — Nada de detalhes, só uma visão geral.

— Eu a convidei para brincar de *voyeur*.

Várias perguntas ecoaram pela minha cabeça, mas nenhuma delas era apropriada para serem feitas ao marido da minha amiga.

— E deu certo?

Ele apontou de si para a cozinha.

— Não estou cuidando de gêmeas malignas e de um pré-adolescente porque não deu.

— Obrigada, Simon. — Enfiei os exames de Paola na bolsa. — Tenho que ir. Obrigada pela ajuda.

— Divirta-se escrevendo sua carta. — A risada dele me seguiu, enquanto eu saía da casa.

CAPÍTULO 17

Rhett

Meu dia foi uma merda. Além da reunião com o conselho e da volta às cirurgias, perdi um paciente de cinquenta anos, pai de quatro filhos. As artérias dele tinham a consistência de macarrão cru, mas já tinha salvado pessoas em piores condições. Quebrei uma das minhas regras pessoais: nunca entrar distraído na sala de cirurgia.

E a situação com Emily era alerta máximo.

Minha cabeça tinha traçado um limite contra o meu coração. Não estive em uma guerra dessas comigo mesmo desde quando Lila anunciou que esperava um filho meu.

Em vez de passar pela porta da frente, eu me esgueirei pela dos fundos. Menos risco de encontrar minha mãe ou a Emily ou a mãe da Emily ou as meninas.

Que merda eu estava pensando? Um homem e cinco mulheres debaixo do mesmo teto? Já vi reality shows com menos drama do que a minha vida.

Por algum milagre, cheguei ao escritório sem ser detectado e me joguei no sofá-cama desarrumado no qual dormi na noite anterior. Um envelope branco com o meu nome escrito na frente chamou minha atenção. Reconheci a letra na mesma hora, mas duvidava de que Emily tivesse algo bom a dizer depois da merda que aconteceu na reunião.

Tirei os sapatos e fechei os olhos. A faculdade de medicina e os anos de residência tinham me ensinando a cochilar como um profissional. Vinte minutos de olhos fechados, e eu estava novinho em folha, ou novo o suficiente.

Sete minutos depois, minha mãe bateu na porta.

— Rhett? Você está aí? Vi o seu carro na garagem.

Revirando os olhos, gemi como uma criança pirracenta. O que posso dizer? Algo em ter a minha mamãe me acordando trouxe de volta todo o drama adolescente.

— Não.

— Muito engraçado. — Ela abriu a porta, me deu uma olhada e suspirou. — Dia difícil?

— Só outro turno de doze horas salvando vidas. — Eu me sentei e passei a mão pelo cabelo bagunçado pelo sono. — O que foi?

Minha mãe se sentou na beirada da cama.

— Mary e eu estivemos conversando.

Ah cara, lá vem. Ergui a mão para interrompê-la.

— Mãe, eu amo você, mas minha vida pessoal é pessoal.

— Eu sei disso. É por isso que decidi ficar em um hotel depois que Mary e Zoe forem embora amanhã.

A culpa por eu ter entrado escondido e reclamado comigo mesmo por causa de todas as mulheres na casa tomou conta de mim. Pedi para ela vir e ela parou tudo e veio.

— Não precisa fazer isso.

Ela olhou para a carta da Emily e de volta para mim.

— Você e a Emily precisam de privacidade.

— Mãe, Em e eu somos amigos. Só isso.

— Então você não deveria ter problemas passando tempo sozinho com a sua *amiga*. Tenho certeza de que vocês têm muito assunto para pôr em dia.

— Bela psicologia reversa, mãe. — Apertei o alto do nariz.

— De nada. Agora, vou te dar um conselho. Siga o seu coração. Acho que você confundiu minha preocupação e a de Mary com desaprovação. Não há nada que amaríamos mais do que ver você e Emily felizes. Só queremos ter certeza de que a história não vai se repetir.

— Obrigado, mas nós não somos mais crianças. Como eu disse, nossas vidas pessoais são pessoais.

Ela me deu um sorriso paciente e um tapinha na perna.

— Reservei um quarto no hotel perto do hospital. Virei para cá durante o dia para ajudar com a Paola até ela se recuperar da cirurgia.

Eu sabia que era melhor não discutir depois que ela encasquetava com alguma coisa, mas isso não queria dizer que eu estava de acordo com a mulher que meu deu à luz ficando na porra de um hotel por semanas.

— Vou pagar pelo quarto. Faço questão.

— Tudo bem. — Ela ficou de pé e me olhou de cima a baixo. — Você deveria tomar banho. O jantar vai ficar pronto daqui a pouco.

— Obrigado, mãe. — Esperei até ela sair para pegar o envelope branco na mesa de canto. Dada a conversa com minha mãe, eu só podia imaginar o que Emily tinha a me dizer que não podia ser dito na minha cara.

É a porra de uma carta de Querido John. *Tinha que ser.*

Eu a joguei no sofá-cama, peguei uma calça de moletom e uma camiseta e fui para o banheiro do térreo.

Assim que esfreguei a sujeira da minha pele, o cheiro de frango assado tomou toda a casa. Fechei os olhos e respirei fundo. Misturado com o aroma de carne assada, estava o cheiro de pão fresco e algo doce e de canela.

Ok. Viver com cinco mulheres não era uma merda completa. No entanto, o fato de todas elas estarem de passagem acabava comigo. Sabia por experiência própria como uma casa ficava quieta quando todo mundo com quem você se importava ia embora.

Mais do que um pouco descontente, segui meu olfato até a cozinha.

Zoe colocou o sexto prato na mesa e abriu um sorrisão.

— Oi, dr. Rhett. Adivinha só?

Ela parecia tanto com a mãe naquela idade que foi difícil olhá-la nos olhos.

— O quê?

— Hoje tem *crumble* de maçã e sorvete de baunilha.

— Que delícia. É o meu favorito.

— O meu também. — Zoe jogou os braços ao meu redor.

Abraçá-la me partiu em dois. Em um mundo perfeito, eu seria o pai dela, e Emily e eu nunca teríamos terminado. O pensamento pareceu uma traição porque, no meu dito mundo perfeito, eu nunca teria conhecido a Ashlyn.

Zoe me soltou e foi correndo para minha mãe.

— Vovó Sarah, posso pôr os talheres na mesa?

Vovó Sarah? Quando isso aconteceu? Minha mãe não se deu ao trabalho de me contar que Emily tinha uma filha. Achei que ela não soubesse, mas agora eu não tinha tanta certeza. Como ela escondeu isso de mim?

— Claro, estão na gaveta ao lado da lava-louças. — Minha mãe tirou o frango com legumes do forno e o colocou sobre a ilha.

Pigarreando, fui até Paola e verifiquei, discretamente, a cor dos lábios e das unhas dela. Falando em espanhol, eu perguntei:

— Como você está se sentindo hoje?

— *Estoy bien.* — Ela sorriu. — Fizemos desenhos para você.

— Para mim?

Paola apontou para duas folhas de papel enormes presas com ímãs na geladeira. Os dois desenhos incluíam uma casa, um homem, uma mulher e duas meninas de mãos dadas.

— Eles são lindos. — Meu coração acelerou e a sala virou um borrão. — Obrigado.

— *Sí.*

Eu precisava dar o fora dali antes que fosse impossível esconder o ataque de pânico. Dando meia-volta, fui em direção ao corredor.

— Rhett? — Minha mãe me chamou.

— Só um minuto. — Virei no corredor e dei de cara com Emily.

O impacto a fez recuar alguns centímetros, mas ela conseguiu ficar de pé.

— Você está bem?

Pressionei os lábios, sacudi a cabeça e continuei andando.

Emily me seguiu.

Quando chegamos ao escritório, ela fechou a porta às nossas costas e se virou para mim.

Eu me afundei na cadeira, coloquei as mãos nas coxas e me inclinei para baixo até minha cabeça estar entre os joelhos.

— Ataque de pânico? — Ela apoiou a mão entre minhas escápulas.

Fiz que sim.

Afagando minhas costas, ela disse:

— Concentre-se na respiração.

— Eu vou ficar bem. Só preciso ficar *sozinho* por alguns minutos. — A palavra "sozinho" saiu mais severa do que eu pretendia, mas não precisava da autora da carta estilo *Querido John* para me confortar.

A mão dela ficou congelada.

— Ah. Ok. Tudo bem.

Ergui os olhos a tempo de vê-la encarar o envelope fechado.

— Você não leu?

— Não. — Meu coração martelava como se tentasse bater para fora das costelas. *Agora não é hora, coração. Não é hora, caralho.*

— Ah. — Ela abaixou o queixo. — Eu vou... é... Não é importante. Vou pegar de volta.

Não podia me concentrar nas técnicas de relaxamento com ela pairando sobre mim. Precisava que Emily saísse, mas a reação dela por eu não ter lido a carta me incomodou. Maldito fosse eu se a deixasse pegá-la antes de saber o que era tão importante para ela ter grafado em papel.

— Não.

— Basta me dar. Só tem idiotice, de qualquer jeito. — Ela levou a mão ao envelope.

Eu o agarrei e o coloquei dentro da frente da calça. Muito maduro, eu sei, mas tempos desesperados e essas merdas.

Emily olhou para a minha virilha como se estivesse pensando em ir para uma caça ao tesouro.

Meu pau deu sinal de vida e ficou atento. O idiota sempre teve o pior *timing*.

Ela cruzou as mãos e me olhou de cima.

— Por favor, me dê.

Fiz que não, mas meu pau gostou da ideia de dar para ela. Ele gostou pra caramba. Meu ataque de pânico simplesmente passou, mas eu não estava em condições de sair dali. Ereções, mães e menininhas *não* se misturavam.

Emily bufou e bateu o pé.

— Ótimo. Que seja. Leia se quiser, mas estou revogando a proposta.

Meu cérebro saltou como uma agulha sobre um disco de vinil. *Proposta?*

Ela sorriu maliciosamente, se afastou e fechou a porta com mais força do que o necessário.

Levei a mão à maçaneta e virei a tranca antes de tirar o envelope da calça.

As palavras dela fizerem meu pulso acelerar e os pulmões trabalharem hora-extra. Só que meus sintomas nada tinham a ver com ansiedade.

Querido Rhett,

Sei que você disse que não queria arriscar nossa amizade ao nos envolvermos, mas eu tenho um problema. Nossa conversa, antes daquele rala e rola, me lembrou de que precisamos acertar as contas.

Depois da sua concussão, eu fiquei lá sentada enquanto você tomava banho. É hora de você me devolver o favor. Nunca te disse, mas sei que você bateu uma punheta enquanto estava lá.

Você ficou com tesão por saber que eu estava do outro lado da cortina? Imaginou que era a minha mão ali no seu pau? Minha boca? Você fechou os olhos e fingiu que estava me pegando por trás?

Não posso dar início a essa nova fase da nossa amizade até saber como é gozar enquanto a pessoa que eu gosto, mas não posso ter, está sentado a poucos centímetros de distância.

Venha até a suíte master hoje à noite quando ouvir o barulho da água.

Você me deve essa, Rhett Hammond.

Emily

CAPÍTULO 18
Emily

Jantar, sobremesa e colocar as meninas na cama pareceram levar uma eternidade. Não que eu tivesse algum lugar para estar ou alguém para ver e, com certeza, não tinha um encontro de masturbação com Rhett. O homem se limitou a me ignorar desde que saí do escritório dele.

Não sei o que pensou da minha tentativa meia-boca de seduzi-lo, ou se ele se deu ao trabalho de ler a carta. Até onde eu sabia, ele a rasgou sem nem sequer tirá-la do envelope.

— Qual é o problema, mamãe? — Zoe se arrastou para a tenda de Paola.

— Nada, docinho. — Joguei o edredom rosa sobre as duas meninas.

Paola riu.

— Docinho é o gato.

— *El gato* é Docinho *de Coco.* — Zoe virou de lado para olhar para a nova melhor amiga. — Docinho é um apelido.

Sorri, apesar do mau humor. Parecia que Zoe tinha posto em prática o plano de ensinar inglês a Paola, enquanto aprendia um pouco de espanhol, e funcionou.

— *Buenas noches* para as duas.

— Boa noite, mamãe. — Zoe me abraçou pelo pescoço.

Paola abraçou nós duas.

— Boa noite, srta. Emily.

— Vejo vocês de manhã. — Apaguei a luz do teto, acendi a luz noturna e liguei a babá eletrônica, então, fechei a porta devagarinho.

Eu me preocupava que Paola se sentiria solitária quando Zoe fosse embora tanto quanto me preocupava com Rhett. Suspeitava que o último ataque de pânico dele tinha algo a ver com as meninas. Não deve ser fácil para ele tê-las em casa.

Embora as duas sejam mais novas do que Ashlyn seria, e é provável que nenhuma se pareça com a filha dele, elas deviam fazê-lo se lembrar de todas as experiências que perdeu com a filha.

Emocionalmente exausta, me arrastei até a suíte principal. O maldito chuveiro debochava de mim. Precisava tomar banho, mas, ao mesmo tempo, estava com medo de ligar a água.

Desperdicei tempo arrumando minha mala. Quando todas as minhas calcinhas limpas estavam dobradas em triângulos e arrumadas em uma pilha perfeita, peguei a que estava por cima e fui para o banheiro. Fiquei uns bons cinco minutos passando fio dental e escovando os dentes, mais uns dez folheando as revistas masculinas de Rhett e outros cinco verificando as gavetas e o armário do banheiro.

Ele não vem. Aceita que dói menos, e vai em frente.

Virei o registro para o quente e deixei a água correr até o vapor preencher o ar, então tirei a roupa e entrei no chuveiro. Minha esperança morria um pouco mais a cada segundo. Lavei o cabelo no piloto-automático e resolvi não raspar as pernas.

Por que me dar ao trabalho? Ninguém vai passar as mãos, ou qualquer outra coisa, por elas.

Levei a mão ao registro, mas parei quando a porta se abriu.

Ai, meu Deus. Ele veio. Ele veio, cacete. E agora?

Rhett apoiou a bunda na pia do banheiro e cruzou os braços.

Por eu gostar de tomar banho com a água pelando, o vidro do box tinha ficado bem embaçado. Eu não sabia o quanto de mim ele podia ver. Não que importasse. Uma descarga nervosa me fez paralisar debaixo da água.

O que eu faço? Maldito Simon e seu maldito conselho. Pense, Emily, pense. Canalize sua atriz pornô interior antes que ele saia.

Fechando os olhos, passei as mãos pelos seios e arqueei as costas. Não consegui ficar ligada, então foquei meus pensamentos no homem do outro lado do box. Minha mente foi para a noite no sofá, a forma como ele mordiscou os meus seios por cima da camiseta. Belisquei meus mamilos com mais força, tentando imitar a sensação dos dentes dele na minha pele.

Lembrando-me da sensação do corpo forte sobre o meu, percorri o corpo com a mão. Imaginei que era a mão dele me tocando, circulando o meu clitóris, me levando até o limite...

Era bom, mas não havia como eu gozar daquele jeito. Não quando eu precisava pensar na minha posição, no que ele podia ver, no que ele não podia. Eu queria deixá-lo com tesão. Eu o queria nu e estocando dentro de mim até nós dois esquecermos que existia um mundo lá fora.

Eu podia fingir, fazer um belo show para ele e acabar logo com isso. Mas parecia trapaça. *Eu deveria ter trazido meu namorado à bateria para o chuveiro.*

Ainda movendo as mãos entre as pernas, olhei para o chuveiro. *Isso!*

Rhett tinha um chuveirinho com ajuste de pressão.

Eu o peguei, coloquei o pé no banquinho embutido e, então, mãos à obra.

O primeiro jato de água enviou um raio de prazer por todo o meu corpo. Entrei na onda e soltei um gemido baixinho. O segundo golpe do jato de água fez minhas coxas tremerem. Eu me virei para Rhett, pressionei a bunda e as costas na parede, e me joguei.

Eu o imaginei entre as minhas pernas. A língua fazendo o trabalho da água. A calidez, a umidade, o calor... eram ele, tudo ele. Abri os olhos e vi que ele tinha se aproximado do box.

— Sim, Deus, sim, Rhett... está bom pra caralho.

— Em que você está pensando? Me conta. — O tom rouco da voz dele me fez sorrir.

— Na sua boca. Na sua língua. — Voltei a gemer. — Tão perto...

— Goza para mim, linda. Quero ouvir você.

A intensidade do orgasmo roubou o meu fôlego. Reuni todas as minhas forças para ficar de pé, mas consegui chamar o nome dele algumas vezes.

Quando me recuperei o bastante para abrir os olhos, ele tinha ido.

A decepção arruinou o pós-orgasmo. Não deveria. Eu só o convidei para me assistir, mas, porra. Eu esperava que ele fosse perder o controle e se juntar mim. O velho Rhett teria. O menino que ele costumava ser estaria nu, e no chuveiro, antes que eu largasse o chuveirinho.

Eu me sequei e me vesti, sentindo um borrão de emoções confusas. Por um lado, fiquei feliz por ele ter aparecido. Ele aproveitou o show. Dava para dizer pelo seu tom de voz. Por outro lado, os últimos minutos me lembraram do quanto meu amigo de infância tinha mudado. Do quanto nós dois tínhamos mudado.

Fui para o quarto usando o short do pijama e uma camiseta e congelei.

Rhett tinha se espalhado na cama usando nada além da calça de moletom de cós baixo. Ele me olhou da cabeça aos pés. Duas vezes.

Meus mamilos enrijeceram na mesma hora.

— Vem cá. — Ele ergueu a mão. — Ainda estão valendo as regras do primeiro ano do ensino médio?

Não. Que se dane. Eu quero você.

— É o que você quer?

— Meu amor, depois do que você acabou de fazer lá, eu quero tudo. — Ele esfregou a mandíbula. — Mas...

Não gostando de como aquele *"mas"* soou, eu disse:

— As roupas continuam no corpo.

Ele suspirou, mas eu não podia dizer se de alívio ou de frustração.

— Tá.

Rebolei um pouco enquanto atravessava o quarto.

— Mas estou disposta a adicionar o adendo de janeiro. Elas podem ser tiradas do caminho.

— Concordo. — Rhett lambeu os lábios, enquanto eu me arrastava pelo colchão e me esticava em cima dele.

Ele fechou os dedos nos meus cabelos molhados e puxou minha cabeça para baixo até nossas bocas se alinharem. Em um segundo, ele devastava minha boca, no seguinte, eu estava de costas com ele beijando uma linha do meu queixo até o peito, e mais abaixo.

— Vou provar que nenhuma porra de chuveirinho pode te fazer sentir tão bem quanto eu. — Ele raspou os dentes pelo osso do meu quadril.

— Gostei do que ouvi. — Eu me apoiei nos cotovelos. — Mas o banho foi incrível. Acho que deveríamos fazer uma aposta.

Ele arqueou uma sobrancelha.

— Valendo o quê se eu ganhar?

Nós podíamos ter crescido, mas ele não perdeu a competitividade.

— O que você quer?

Rhett franziu os lábios.

— Além do direito de me gabar, quero fazer as regras de agora em diante.

— Isso é muito vago. Você poderia fazer uma regra de eu ter que ir trabalhar nua ou algo assim.

— Qualquer regra que diga respeito ao sexo. — Rindo, ele me beijou por cima do short do pijama.

Aquele toque minúsculo e fugaz quase me enviou à estratosfera. Eu não tinha a mínima chance de vitória, não que eu me importasse.

— Ah, boa. Se eu ganhar, quero o mesmo.

— Fechado. — Rhett se colocou entre as minhas coxas e puxou a virilha do meu short para o lado. Encostando o nariz primeiro, ele pareceu feliz em só sentir o meu cheiro. A aspereza da barba dele contra a parte interna da minha coxa me fez arfar e, então, como em um passe de mágica, ele moveu a língua no exato lugar em que eu precisava. Alguns afagos depois, ele adicionou os dedos à jogada. Ele sabia onde tocar, com quanta força, com qual velocidade; ele se lembrava do meu corpo.

A pressão se avultava dentro de mim a cada golpe de língua e curvar de dedos. Desesperada para que ele continuasse fazendo exatamente aquilo, enredei minhas mãos nos cabelos dele e o segurei ali até que me desfiz.

Rhett redobrou os esforços. Mesmo estando óbvio que eu tinha acabado de ter um orgasmo, ele não parou até que me contorci para longe dele.

— Isso foi incrível. — Minhas palavras se arrastaram como as de um bêbado. — Eu não sei sobre o que o conselho estava falando. Não sei quanto à sua conduta no trato dos pacientes, mas sua habilidade em dar um trato está bem acima da média.

— Fico feliz pela sua aprovação. — Ele foi subindo pelo meu corpo novamente. — Ganhei.

— Vitória incontestável. — Nunca fiquei tão feliz por perder uma aposta. — Só me dê um minuto e eu retribuo o favor.

— Você não me pagou um boquete até o último ano da escola. — Um sorriso lento se espalhou pelo rosto de Rhett enquanto ele se acomodava sobre mim.

— Não parece muito justo... Você está a cargo das regras agora. Mude-as. — Passei as mãos pelas costas dele.

— Sim, para cair de boca, mas não para ficar nu. Você é uma garota criativa. Estou curioso para ver o que consegue fazer.

Eu gostava daquela linha de raciocínio. Caramba, eu gostava de tudo nesse homem. Cutucando-o no ombro, eu disse:

— Troque de lugar comigo.

Ele se sentou, esperou que eu saísse de debaixo dele, e ficou de costas.

Montando nas coxas de Rhett, desamarrei a calça e a puxei uns quatro centímetros para baixo.

— Você sempre sai por aí sem nada por baixo?

— Só em casa. O uniforme cirúrgico não perdoa ninguém.

— Gosto do jeito que ele abraça a sua bunda. — Focando no problema que eu tinha em mãos, puxei mais a calça para baixo, mas parei assim que o pau dele ficou livre. Eu me lembrava de ele ser bem-dotado, mas, puta merda, ele ficou maior e mais grosso e uau... apenas uau.

— Gosta do que vê?

— Amo... — Envolvendo os dedos ao redor do pênis dele, prossegui com movimentos firmes e acelerados.

Rhett fechou os olhos e respirou fundo.

— Deus, isso é bom.

— Minha boca vai ser melhor ainda. — Eu me inclinei para a frente, meus lábios pairando a mais ou menos um centímetro do pau dele.

— Vai.

Eu fui tão longe quanto consegui com ele na boca, sem entrar no território do pornô. Usei a mão para compensar a diferença e me joguei. Infelizmente, tive que parar mais cedo do que eu esperava.

— Mamãe? — Zoe chamou do corredor. Meio segundo depois, a maçaneta virou.

Ah, merda!

CAPÍTULO 19
Rhett

Que foda. Trocadilho não intencional. Eu e Emily já fomos pegos em posições mais comprometedoras do que na de boquete, mas ter uma criança batendo na porta era algo completamente diferente.

— Mamãe? — Zoe agitou a maçaneta e fez Emily entrar em ação.

Não que ela não estivesse em ação antes, ao menos a boca estava, mas aquilo era diferente. Aquilo era pânico em alta escala. Emily saltou para longe e arrumou a roupa.

— Só um minuto, meu bem.

Pegando a mão dela, sussurrei:

— Eu tranquei a porta quando entrei.

— Graças a Deus. — Ela olhou para o meu pau. — Você consegue fazer algo com o tamanho dessa coisa?

— Pensei que esse fosse o objetivo. — Sorrindo, puxei a calça para cima e fui para o banheiro. — Vou me esconder até a barra ficar limpa.

A meu ver, ou eu ficava aborrecido pela interrupção ou eu ria. Justiça seja feita, foi o melhor boquete da minha vida. Emily com certeza aprendeu uma coisa ou outra no tempo que ficamos separados. Em vez de resmungar, decidi ver a situação como *tântrica.* O atraso na recompensa faria a próxima vez ser muito melhor.

— Mamãe? — A voz de Zoe ficou mais desesperada. — Estou enjoada.

Aquelas três palavras me fizeram parar de repente. *Ela está doente? Ela está dividindo o quarto com Paola, uma criança que pode morrer se pegar um resfriado. O que estávamos pensando?*

Emily apontou para o banheiro com a cabeça.

— Vá.

Precisei de cada grama de força de vontade para ir me esconder em vez de verificar como as meninas estavam. As duas. Gostasse ou não, Paola tinha feito uma cabaninha de cobertores dentro do meu coração. Se eu passasse mais tempo com a Zoe, ela faria o mesmo. A menina era tão animada e divertida quanto a mãe.

— Qual é o problema, Zoe-lander? — Emily perguntou.

— Minha barriguinha está doendo.

— Parece que você não está com febre. Deite na cama. Já volto. — Os passos de Emily se aproximaram.

Eu me espremi contra a parede e esperei até que ela fechasse a porta antes de abrir o armário de remédios e entregar um termômetro a ela.

Emily franziu o cenho.

— Por que não ouvimos nada vindo da babá eletrônica? Tenho certeza de que a liguei.

— Nós estávamos... ocupados. — Apontei para o quarto com a cabeça. — Preciso verificar a Paola.

— Ah, meu Deus. Se ela estiver doente... a cirurgia...

Puxando-a para um abraço rápido, eu disse:

— Vai ficar tudo bem. É capaz de ser o segundo prato de *crumble* de maçã com sorvete voltando para se vingar dela.

Ela fez um som que era algo entre um soluço e uma fungada.

— O que foi?

— Estou sozinha desde antes de ela nascer. Nunca tive alguém para me abraçar e dizer algo assim.

— Foi ruim eu ter feito isso? — Sequei as lágrimas das bochechas dela com beijos.

— Eu não sei...

Não era a resposta que eu queria, mas entendi. Em vez de fazer promessas que não poderia cumprir, optei por:

— Obrigado. Escrever aquela carta demandou muita coragem.

O rosto dela ficou mais tranquilo.

— Obrigada por entrar no jogo. Vou te dar um vale-boquete.

— Mal posso esperar.

Ela se afastou, endireitou as costas e se virou para a porta.

— Vou distrair a Zoe. Espere pelo meu sinal e saia de fininho do quarto. Ok?

— Ok.

Emily saiu do banheiro.

Eu não me atrevi a olhar no espelho porque sabia, sem sombra de dúvida, o que ia ver: um homem prestes a se apaixonar por uma mulher que ele não poderia ter. Um homem cujos erros do passado governavam a porra da sua vida.

Do outro lado da porta, Emily fingiu tossir três vezes.

É o meu sinal. Escapuli, atravessei o quarto e peguei a maçaneta.

— Dr. Rhett? — A voz de Zoe saiu rouca.

Debati se deveria abrir e fechar a porta para tentar enganar a criança para que ela pensasse que eu tinha acabado de chegar, mas ela era inteligente. Inteligente demais para cair num engodo ridículo desses. Em vez disso, me virei e olhei para ela.

— Oi, pequena.

Segurando a barriguinha, ela perguntou:

— Posso dormir aqui com você e a mamãe?

Emily ficou tensa e abriu a boca para falar.

— Claro, docinho. Só preciso dar uma olhada na Paola e já volto. — Pode me chamar de covarde, mas evitei olhar para Emily. Ela deixou muito claro que não queria confundir a menina, mas eu não podia dizer não para uma criança doente.

Fui para o corredor e dei de cara com Mary Daniels. Fui tomado pela mesma adrenalina, o medo de fazer a cabeça girar que experimentei quando mais novo ao ser pego saindo às escondidas do quarto de Emily.

— Sra. Daniels. Oi. Eu... é... A Zoe não está se sentindo bem. Dor de estômago.

A mãe de Emily olhou para o meu peito nu, o cabelo bagunçado pelo sexo, e a cara de culpa.

— Eu tenho ibuprofeno infantil na minha necessaire. Venha comigo.

— Na verdade, ela não está com febre. Precisa de líquidos e de uma boa defecação. — Soei como um sabe-tudo, mas passei a maior parte da minha vida adulta treinando ou praticando a medicina. Além do mais, falar de trabalho era muito mais seguro do que discutir a razão para eu estar saindo meio vestido do quarto da filha dela.

Mary pressionou os lábios, formando uma linha fina.

— Então venha comigo até a cozinha.

— Eu já vou. Só preciso dar uma olhada na Paola.

A mulher fez que sim.

— Eu espero.

Merda. Eu não queria ouvir outro sermão sobre a minha vida pessoal, mas aprendi há muito tempo que nem sempre podemos ter o que queremos.

— Tudo bem.

Paola tinha se enrolado igual a um burrito. Levou um tempo para eu encontrar a cabeça dela, mas, de alguma forma, a criança continuou dormindo durante todo o desembrulho.

Pressionei a mão na testa dela e suspirei. Sem febre. Ao menos, *não ainda. Fiz uma nota mental de passar instruções sobre como lavar as mãos corretamente para todo mundo ali na casa e voltei para o corredor.*

Sem dizer uma palavra, Mary se virou e desceu as escadas.

A poucos passos dela, repassei na cabeça o que ia dizer. Eu não queria ser tão franco com a sra. Daniels quanto fui com a minha mãe, mas precisava deixar claro que Emily e eu éramos adultos.

Mary abriu a geladeira, pegou uma caixinha de suco de maçã e a jogou para mim.

— Emily está com medo de voltar a se magoar.

E eu estava preocupado em ser franco?

— Não pretendo magoar sua filha.

Ela ergueu a mão.

— Me deixe terminar.

Cedi. Tudo o que planejei dizer deixou o meu cérebro no segundo em que ela me deu aquela encarada de mãe.

— Vocês se olham com a mesma expressão apaixonada de quando eram mais novos. — Ela sorriu. — Pode levar tempo, mas não desista dela. Vocês dois são as metades de um todo. Devem ficar juntos.

Eu esperava que a sra. Daniels fosse perguntar sobre as minhas intenções, que ela fosse me dar um aviso, dizer que eu não era bom o bastante para a filha. Mas, porra, eu não esperava a bênção dela.

— Obrigado, eu sempre amei a Emily, mas não sei se é o bastante.

Mary riu baixinho.

— *É o bastante se os dois* pararem de embromar.

— A senhora deve estar certa. — Eu a abracei.

Ela me deu um rápido aperto e um tapinha nas costas.

— Não se preocupe. Antes de ir embora, pretendo ter essa conversa com a minha filha.

— Boa sorte nessa empreitada.

Ela apontou para o suco.

— *É melhor você levar o suco para a Zoe.*

— Boa noite, Mary.

— Boa noite.

Quando voltei para a suíte principal, Zoe já estava adormecida nos braços da mãe. Emily me abriu um sorriso cansado e fez um gesto com o dedo, para eu me aproximar.

Coloquei a caixinha de suco na mesa de cabeceira e me estiquei ao lado delas.

— A temperatura dela está normal — Emily sussurrou.

— Paola não estava quente, mas vou ficar de olho nela amanhã.

— Bom saber. — Emily tirou a criança adormecida do peito. — Deveríamos dar algo a Zoe para a dor de estômago?

— O suco de maçã vai ajudar a fazer as coisas seguirem o curso. Como disse *à* sua mãe, ela vai se sentir melhor depois de uma boa cagada.

Ela arregalou os olhos.

— Minha mãe está acordada?

— Encontrei com ela no corredor.

Zoe murmurou enquanto dormia e se aconchegou em mim.

Eu congelei.

Emily se inclinou como se fosse mover a menina.

— Está tudo bem. — Passei o braço em volta delas. — Vamos dormir.

— Rhett... — Ela puxou os lábios para dentro. — Eu fui sincera quando disse que tudo bem se fôssemos só amigos, mas agora...

— Meu amor, você e eu nunca fomos só amigos. Eu te amo desde criancinha.

— Eu te amo desde essa época também. — Ela se aconchegou no travesseiro.

Tracei círculos ao longo do ombro dela.

— Sua mãe parece pensar que nós próprios somos nossos piores inimigos.

— Ela está certa. — Emily fechou os olhos. — Mas é tão complicado.

— Nós vamos dar um jeito.

— Uhummm.

Ao observar Emily e Zoe dormindo, repassei mentalmente a lista de razões pelas quais não podíamos ficar juntos. Nada parecia impossível durante a madrugada. Empregos, ex-mulheres, até mesmo o nosso luto, nada disso ficaria no caminho, a menos que permitíssemos.

A vida que deveríamos ter tido estava bem diante de nós. Tudo o que precisávamos fazer era erguer a mão e pegá-la.

Se ao menos as coisas fossem assim tão simples sob a dura luz do dia...

CAPÍTULO 20

Emily

Adicionei um novo item na minha lista de coisas favoritas: sentar-me na ilha da cozinha do Rhett bebendo café, enquanto minha mãe e Sarah fazem o café da manhã. Elas assaram um bolo de banana antes mesmo de eu sair da cama. Naquele momento, faziam ovos mexidos e fritavam bacon.

Sarah se virou para mim.

— Você deu uma olhada na Paola?

— Eu não quis acordá-la para medir a temperatura, mas a testa estava fria. — Apoiei o queixo na mão. — Zoe está apagada. Ela se enroscou no Rhett, e eu posso jurar que ela não se mexeu a noite inteira.

As mães trocaram olhadelas e cumplicidade. As duas eram amigas há tanto tempo que desenvolveram uma linguagem de sinais própria e secreta.

Eu e Rhett fazíamos aquilo? Nós nos comunicávamos sem dizer uma palavra? Sorri para mim mesma. A noite de ontem não terminou do jeito que eu queria. Foi melhor. Claro, ele me deu um orgasmo, mas aquilo não se comparava à forma como ele tomou a iniciativa e ajudou com a Zoe.

— Eu conheço esse sorriso. — Minha mãe cutucou Sarah.

A mãe de Rhett olhou para trás e fez que sim.

— Eu também.

Minha mãe secou as mãos e deixou o pano de prato de lado.

— Emily, gostaríamos de conversar com você antes de Rhett e as meninas acordarem.

— Preciso de mais cafeína antes de vocês duas começarem. — Tomei o resto do café e voltei a encher a caneca.

Sarah riu.

— Não vai ser um interrogatório. Nós só queremos dizer que estamos felizes por você e o Rhett estarem felizes.

Arqueei uma sobrancelha.

— Obrigada, mas Rhett me disse que você vai para um hotel depois que eu levar minha mãe e Zoe para o aeroporto.

Minha mãe riu.

— Provavelmente porque ela não quer te encontrar seminua no corredor.

Gemendo, baixei a cabeça. As mães tinham o dom de fazer os filhos adultos se sentirem como crianças de oito anos.

— Rhett estava descendo para pegar água para a Zoe. Não é o que parecia.

— Bem, a julgar pela forma que os dois se olham, eu diria que não vai levar muito tempo até ser *exatamente* o que parecia. — Ela olhou para Sarah. — S.E.X.O.

Desta vez, deixei a cabeça cair para trás quando gemi.

— Mãe! Sério?

Ela deu uma piscadinha.

— Só se certifique de usar camisinha.

Eu queria me arrastar para baixo da mesa, ficar em posição fetal e morrer.

— Ou não. Eu sempre disse que você e o meu filho fariam belos bebês. — Sarah riu e voltou a se virar para o fogão.

— Eu ia amar ter mais um netinho. — Minha mãe abriu um sorriso melancólico. — Feche a boca antes que entre uma mosca, querida.

Eu a fechei em um estalo, apesar de não haver insetos no cômodo, moscas ou qualquer outro.

— Nós nem estamos saindo, que dirá prontos para escolher roupinhas de bebê.

A campainha tocou três vezes em rápida sucessão, seguida por uma batida alta.

— Mas quem... — Sarah Hammond olhou para o relógio. — Não são nem oito horas.

— Eu atendo. — Amarrei o roupão com mais força e fui correndo até a entrada.

A pessoa lá fora girou a maçaneta, mas tínhamos trancado a porta na noite anterior.

— Rhett Hammond, eu sei que você está aí. Posso sentir cheiro de comida!

Meu sangue gelou. Eu poderia reconhecer aquela voz estridente em qualquer lugar. Lila Jefferies-Hammond.

Reuni cada grama de coragem que tinha em mim, virei a fechadura e abri a porta.

Os olhos da minha arqui-inimiga se arregalaram antes de se estreitarem. Colocando as mãos na cintura, Lila deu um sorriso pretensioso.

— Onde ele está?

— Dormindo. — Eu me recusava a deixar que ela me intimidasse. Essa mulher já tinha me intimidado o bastante na faculdade para valer por umas três vidas. — Eu falo para ele que você passou por aqui.

— Você está mentindo. — Lila enfiou o sapato de marca entre o batente e a porta.

— Não tenho razões para mentir. — Olhei para ela, de verdade, pela primeira vez em dez anos. Não podia negar que ela era linda, mas não era uma beleza natural. Ela se esforçou bastante com a aparência. Tanto que eu me vi imaginando como ela seria sem toda aquela maquiagem.

— Saia da minha frente. — Lila me empurrou para o lado, ou tentou.

Eu podia ser uns bons quinze centímetros menor do que ela, mas fui treinada em combate corpo a corpo e não estava de salto alto. Usei o movimento como alavanca e empurrei a parte superior do corpo para o lado antes de a mão dela tocar o meu ombro.

Ela tropeçou e teria caído se eu não a tivesse agarrado pelo braço, girado e empurrado de volta para o limiar.

— Como você se atreve! — O rosto dela se contorceu de pura raiva. — Rhett! Venha já aqui antes de eu prestar queixa contra a sua *cachorrinha*.

Consegui manter a expressão calma, mas por dentro eu me encolhi. Lila e as amigas me chamaram de cachorrinha do Rhett por meses antes de ela conseguir levá-lo para a cama. Na época, o apelido tinha me chateado muito, mas agora eu era uma mulher crescida e via a situação pelo que era: uma pessoa insegura tentando intimidar alguém que ela via como rival.

— Pelo amor de Deus, o que está acontecendo? — Sarah Hammond chegou ao *foyer*, mas parou assim que viu Lila. — Você tem que ir embora.

Como se pegando a deixa, os olhos de Lila se encheram de lágrimas.

— Eu... só... preciso ver o Rhett.

— Pare o teatrinho e tenha um pouco de dignidade. — Sarah cruzou os braços. — Qualquer coisa que você tem a dizer para o meu filho deve ser por meio do advogado dele.

Olhei de uma para a outra, incerta sobre o que fazer ou dizer. Nunca, em todos os anos que a conhecia, tinha ouvido a sra. Hammond falar com alguém daquele jeito.

Lila esfregou os olhos, fazendo o rímel borrar ainda mais.

— Quer saber? Você foi uma sogra de merda e uma avó ainda pior. Por que não vai lá dizer ao seu filhinho querido que eu não vou embora até que ele venha falar comigo?

Minhas sobrancelhas se ergueram até os cabelos. A mulher tinha colhões. Faria essa concessão, mas já ouvira o bastante. Em vez de permitir que aquele drama continuasse, fechei a porta na cara de Lila.

Ela gritou e apertou a campainha. Repetidamente.

— Eu sempre soube que você era uma puta invejosa, Emily Daniels!

Rhett desceu as escadas voando, olhou de mim para a mãe, e disse:

— Emily, vá se certificar de que as meninas não desçam. Mãe, chame a polícia.

Sarah fez que sim e voltou pelo caminho que veio, mas eu não pude me mover. A ira de Sarah com Lila me deixou surpresa, mas a reação de Rhett me assustou pra caralho. Vi soldados indo para a batalha com menos fúria no olhar.

Ele abriu a porta, mas manteve a mão na maçaneta.

— Lila, chega.

— O que *ela* está fazendo aqui? É por isso que você se recusou a me ajudar a ter outro bebê? Por causa dela? — Lila apontou um dedo ossudo para mim. Um dedo ossudo com um anel de brilhante.

Ela deve ter visto meu olhar boquiaberto, porque enfiou as mãos no bolso do casaco.

— O que eu faço, com quem eu faço, não é da sua conta. — A firmeza na voz dele enviou um arrepio pela minha espinha.

Ele a odeia.

— Você está certo. — Ela respirou fundo. — Eu vou, mas preciso do dinheiro. Tenho uma consulta daqui a dois dias. Eles não vão começar o tratamento até que eu pague a metade.

— Não é problema meu.

— Vou pagar de volta, caso seja o que você quer. — Lila olhou para ele com uma expressão tão desamparada que eu quase senti pena dela, mas não muita. O carma era mesmo uma merda.

— Não. — Ele passou a mão pela cabeça.

Lila voltou a abrir o berreiro.

— Ela sempre esteve no meio do nosso casamento. Não é de se admirar Ashlyn ter ficado doente, com todo o estresse que passei na gravidez!

Rhett nem piscou.

— É melhor você ir. Minha mãe está ligando para a polícia.

— Eu não vou a lugar nenhum até que essa... essa destruidora de lares vá embora. — Debulhando-se em lágrimas, ela desabou na varanda.

Ele olhou para o alto.

— Estamos divorciados há oito anos. Eu não sou seu marido. Essa não é a sua casa. Não há nenhum lar para ser destruído. Vá embora.

— Dr. Rhett? — Paola chamou do alto das escadas.

A expressão dele suavizou, isto é, até ele notar que eu não tinha saído do *foyer*.

— Emily, eu disse para você cuidar das meninas. Elas não precisam ver isso.

Nós tínhamos brigado quando crianças, nos lançado a discussões acaloradas quando adolescentes, mas ele nunca falou comigo com uma voz tão desagradável.

— Quem é ela? — Lila olhou para Paola, boquiaberta.

Rhett falou entredentes:

— Uma paciente, com uma doença cardíaca grave, que não pode lidar com o estresse de ver uma mulher crescida agindo feito criança.

Lila olhou feio para ele.

— Sua paciente? Está tratando crianças de novo?

Ele fechou a porta, virou a fechadura e foi para a cozinha.

— Você não pode atender crianças! Você é um assassino de bebês! Eles revogaram o seu registro! A Emily sabe? Ela sabe que você matou nossa filha? — ela gritou.

CAPÍTULO 21

Emily

O bolo de banana tinha gosto de papelão. Mas, até onde eu sabia, ele poderia ter ganhado todos os prêmios de um concurso. O que começou como um café da manhã em família virou um encontro estranho com nada mais do que pesados suspiros preenchendo o silêncio.

Lila saiu logo que a polícia apareceu. Rhett e eu demos depoimento. Já que ele não prestou queixa, os policiais deixaram um número de telefone para ele ligar caso mudasse de ideia e outro número para pedir uma ordem de restrição.

Eu tinha perguntas. Muitas perguntas. Mas não podia fazê-las na frente das meninas, ou das nossas mães. Mesmo duvidando muito que o Hospital Memorial fosse afastá-lo do caso de Paola se ele não tivesse permissão para tratar crianças, eu não podia ignorar que Lila o chamou de assassino de bebês.

Contei a Rhett sobre o dia em que Jake morreu. Sobre como me culpei por não tentar salvá-lo. Por que ele não disse nada naquela hora? Eu o encarei na esperança de que ele fizesse contato visual comigo, mas ele estava concentrado no próprio prato.

— Mãe, você pode ficar de olho nas meninas? Preciso tomar banho. — *E fazer uma ligação.*

— Claro, querida. — Ela me deu um sorriso forçado.

Levei um tempo limpando meu prato e arrumando as coisas na esperança de que Rhett olhasse para mim. Quando ficou dolorosamente óbvio que ele estava me ignorando, subi as escadas, peguei meu telefone e me escondi no banheiro dele.

Bridget atendeu no primeiro toque.

— Bom dia. Como estão as coisas?

Eu me encolhi ao ouvir a voz alegre. Ciente de que ela não era lá uma pessoa muito matinal, tive uma leve suspeita de que Simon havia contado a ela sobre a nossa conversa.

— Nada bem. Você tem uns minutos?

— Claro. — Ela suspirou. — A carta não deu certo?

— Deu, mas a ex-mulher do Rhett apareceu. — Contei tudo a ela, tudo mesmo, incluindo a Zoe ter quase me pegado com a boca na botija.

Ela ficou quieta por vários segundos.

— Emily, se você o ama, não deixe aquela mulher atrapalhar vocês.

— Não é a Lila que está atrapalhando. É o Rhett. Ele se fechou depois da visita dela. — Respirei fundo. — E ele está escondendo coisas de mim.

— Tem certeza? Simon me contou que ela apareceu na casa no dia em que Paola teve alta do hospital. É possível que Rhett esteja chateado, ou envergonhado, por você ter visto a briga de hoje de manhã?

— Pode ser. — Não tinha pensado que ele talvez estivesse com vergonha, mas fazia sentido. A maior parte das pessoas podiam esconder os seus erros, mas engravidar e casar com uma lunática era difícil de esconder. — É possível que um médico perca o registro em uma especialidade, mas não na outra?

— Não. Um médico pode perder a licença no Conselho de uma especialidade médica e ainda exercer a medicina, mas, se ele perde o registro geral no Conselho, ele é proibido de tratar qualquer paciente. Por que a pergunta?

Porque eu deixei uma doida me influenciar.

— Algo que a Lila falou. Você tem alguma ideia da razão de ela culpar o Rhett pela morte da filha deles?

Bridget suspirou.

— Não, mas isso é algo que você deveria perguntar ao Rhett.

— Porque eu fui o cirurgião dela. — Rhett estava parado na porta, com os ombros curvados.

Meu cérebro falhou, e não foi por causa do que ele disse. Passei dos limites com os dois.

— Desculpa, Bridget. Eu não deveria ter te perguntado isso. Preciso desligar.

Ela disse alguma coisa, mas eu já tinha tirado o telefone da orelha.

— Também te devo desculpas. Não tinha o direito de perguntar a alguém sobre os seus assuntos pessoais. Deveria ter te procurado. — Eu queria, desesperadamente, abraçá-lo, mas não sabia se ele também queria.

Rhett me olhou pela primeira vez desde que Lila apareceu e arruinou o dia.

— Ashlyn tinha um defeito não diagnosticado no septo atrial.

— O que é isso exatamente?

— Uma abertura entre as duas cavidades superiores do coração. No caso dela, a abertura era muito grande. — Ele se virou e encarou a parede. — Devo ter ouvido o coração dela um milhão de vezes, mas nunca escutei o sopro.

Eu não sabia o que dizer, mas sabia que a única forma de entender o que tinha acontecido, e a parte dele naquilo, era fazer com que ele continuasse falando.

— Você era pediatra dela?

— Não. E ele também não ouviu. — Rhett fechou os olhos rapidamente, como se tentasse controlar as emoções. — Ela estava sempre cansada e irrequieta. Pensei que fosse cólica ou que ela tivesse puxado às mudanças de humor da Lila. Foi só quando ela teve um derrame que descobrimos o problema.

Agarrei a pia para ficar de pé. Não podia nem começar a imaginar a tortura pela qual ele havia passado. Na cabeça de Rhett, ele sempre usou uma capa vermelha. Não ser capaz de salvar a própria filha deve ter feito com que ele sentisse estar falhando em seu propósito.

Ele se virou para mim.

— Eu estava tão bravo com os médicos dela que insisti em cuidar dela eu mesmo.

— Você perdeu a fé neles.

Ele fez que sim, mas parecia estar a quilômetros de distância, como se estivesse perdido em lembranças.

— Fui arrogante demais para dar ouvido aos meus colegas. Eles me avisaram para não fazer a cirurgia. Eu estava emocionalmente envolvido demais.

Eu não podia ficar parada ali, nem mais um segundo, assistindo-o sofrer. Envolvendo os braços ao redor dele, eu disse:

— Você fez o que achou ser o melhor para a sua filha.

Todo o corpo dele ficou rígido.

— Fiz?

— Rhett, me ouça. — Virei o rosto dele em direção ao meu. — Estou admirada com o quanto você é bom com a Paola e a Zoe. Você deve ter sido incrível com a Ashlyn. Ela era sangue do seu sangue.

Ele franziu ainda mais o cenho.

— Ela não era.

O que ele está dizendo? Minha mente cambaleou com as implicações daquilo. *Ele me largou porque Lila estava grávida dele. Mas Ashlyn não era dele? Lila deu o golpe da barriga? Há quanto tempo ele sabia?*

Rhett pigarreou.

— Fiz um teste de paternidade depois que ela nasceu. Ela não era minha.

— Mas você ficou...

Ele se sentou na beirada da banheira.

— Amei a Ashlyn desde a primeira vez que ouvi o coração dela bater. Não importava se ela não era minha filha biológica.

Eu me apaixonei um pouco mais por ele.

— Ela era sua filha em tudo o que mais importava.

Ele suspirou.

— Eu nunca contei a Lila sobre os resultados.

Ok, aquilo era estranho. Sem confiar nas minhas pernas para me manterem de pé, eu me sentei no chão, de frente para ele.

— Por quê?

— Parte porque fui covarde e não queria mais drama, mas, principalmente, porque eu estava com medo de ela tirar a Ashlyn de mim. — Ele soou tão derrotado que doeu em mim.

Lila Jefferies é a porra do diabo que veste Prada. Ela o manipulou até quase acabar com ele, mas havia algo que Lila subestimou... a mim. Os abusadores se refastelam ao isolar as vítimas, mas Rhett não estava mais sozinho.

Escolhi minhas palavras com cuidado.

— Não me leve a mal, mas por que você ainda a suporta?

Ele ergueu um ombro.

— Culpa.

— Permitir que ela continue a abusar de você é alguma forma de expiação pela morte de Ashlyn? — As palavras escapuliram antes que eu pudesse detê-las. *Tanto esforço para lidar delicadamente com a situação...*

Ele me olhou feio.

Ótimo. Fique com raiva e siga com a vida.

— Pode olhar feio o quanto quiser. Qualquer coisa é melhor do que se torturar por coisas que não são culpa sua.

— Você não sabe a história toda. Lila vem de família rica. Os pais a deserdaram quando descobriram que ela estava grávida.

— E isso é problema seu por quê? — Fiquei de joelhos e entrei na frente dele. — Corrija-me se eu estiver errada, mas ela não trabalha, trabalha?

— Não.

— Você sustenta sua ex há oito anos? — Eu o agarrei pelos ombros. — Você dá a ela condições para ficar sentada sem fazer nada.

Os olhos dele se arregalaram.

Captei a atenção dele. Agora, eu só precisava acertar o alvo.

— Peça a ordem de restrição. Ligue para o seu advogado e coloque essa mulher na justiça. Faça o que for necessário para pôr um fim a essa perseguição.

— Você está certa. — Ele se aprumou um pouco. — Não posso mais viver assim.

— Não sei como você suportou por tanto tempo. — Esperei até que ele me olhasse nos olhos. — Basta de se punir por coisas que estavam além do seu controle.

Ele baixou o queixo.

Belisquei a coxa dele. Com força.

— Responde.

— Como posso saber? Como posso saber que não cometi um erro com Ashlyn na mesa de cirurgia? Deixei passar o sopro no coração e os sintomas.

— Você e cada médico que a consultou. — Eu me recusava a permitir que voltasse a se afundar na câmara de tortura que ele mesmo criou. — Você a machucou de propósito?

Ele arregalou os olhos.

— Mas que porra? Não.

— Quantas vezes você foi processado por negligência?

Ele balançou a cabeça.

— Aonde você quer chegar com isso?

— Responda.

— Nenhuma.

Assentindo, eu disse:

— Quantas vezes você fodeu com tudo durante uma cirurgia e não foi pego?

Rhett me olhou feio.

— Então você é bom no que faz?

— Sou, caramba.

Fiquei de cócoras.

— Então, você acha mesmo que eu acredito que o dr. Maravilha cometeu um erro com a paciente mais importante de toda a sua carreira?

Ele moveu a cabeça como se eu tivesse batido nele.

— Não.

— Repita comigo.

Ele acenou com a mão.

— Não vou repetir qualquer merda de mantra.

Arqueei uma sobrancelha.

Ele gemeu. Já fizemos aquilo antes, muitas vezes. Rhett sabia que, quando eu entrava naquela, ele tinha que ceder, mas era para o bem dele.

— Tá. O que você quer que eu diga?

— A morte de Ashlyn não é culpa minha. Fiz o melhor que pude por ela. Ela morreu, foi horrível, mas eu não vou mais me culpar.

Fechei a cara, e ele recitou minhas palavras.

— Repita.

Ele obedeceu.

Inclinei a cabeça.

— Melhor?

Rhett moveu os ombros.

— É, na verdade, sim.

Decidi arriscar a sorte.

— E você está pronto para cortar relações com a Lila?

Ele riu.

— Estou. Eu deveria ter feito isso há anos, mas tinha esperança de que ela conhecesse alguém e seguisse com a vida.

Eu me lembrei do diamante enorme na mão esquerda dela.

— Ela já encontrou.

Ele franziu o cenho.

— Você não viu o anel de noivado enorme no dedo dela?

Um sorriso lento se espalhou pelo rosto dele.

— Eu tento não olhar para ela.

Seja pela quebra de tensão ou por ter imaginado Rhett evitando olhar diretamente para Lila, eu caí na gargalhada.

Olhando-me como se eu tivesse enlouquecido, ele sacudiu a cabeça.

Eu o cutuquei nas costelas.

— Tudo em que posso pensar é você olhando por cima do ombro esquerdo dela, temendo fazer contato visual, e ela rosnando e grunhindo como um rottweiler de batom vermelho.

Ele ergueu as duas sobrancelhas, abriu a boca como se fosse falar e jogou a cabeça para trás, gargalhando.

Quando o festival de risadas terminou, eu me inclinei para mais perto e sussurrei:

— Nada mais de segredos entre nós.

— Combinado.

— Rhett? — Sarah bateu na porta. — Desculpa interromper. É a Paola. Algo está errado.

CAPÍTULO 22
Rhett

Eu fiz de novo.

Em vez de me concentrar em Paola, permiti que a merda entre mim e Emily me distraísse. Primeiro, ignorei o risco de expor Paola a outra criança só para convencer Emily a trazer Zoe para Rhode Island. Depois, uma criança de oito anos quase nos pegou em uma posição comprometedora. E agora isso?

Fui correndo para a cozinha e me ajoelhei ao lado de Paola.

— Você está se sentindo bem?

— Cansada. — Os lábios dela estavam ainda mais azuis, e o peitinho lutava a cada arquejo.

Isso não pode estar acontecendo. Ela estava bem quinze minutos atrás.

— Mãe, pega o estetoscópio e o aparelho de pressão na minha mesa no escritório.

Ela fez que sim e saiu correndo da cozinha.

Emily sussurrou alguma coisa para Mary.

— Zoe, vamos escovar os dentes — chamou a sra. Daniels.

— Não. Eu vou ficar com a minha amiga. — A voz de Zoe saiu uma oitava ou dois tons mais alto do que o normal.

Paola deve ter percebido a angústia da outra menina, porque começou a chorar.

— Eu... quero... a Zoe.

Merda. Eu precisava que Paola ficasse calma, mas a que custo? Se Zoe ficasse e Paola sucumbisse, isso a traumatizaria pelo resto da vida. Olhei para trás, para Emily.

— A decisão é sua.

Ela olhou entre as meninas e franziu o cenho.

— Você pode ficar, mas precisa ficar quieta, ok?

Zoe fez que sim e se agarrou à avó.

Minha mãe voltou e colocou o equipamento na mesa ao meu lado.

— Obrigado, mãe. — Até aquele momento, eu não tinha notado o quanto ela havia envelhecido. O medo deu mais destaque às linhas ao redor dos olhos e da boca.

Ela assentiu e foi logo ficar ao lado de Zoe e Mary.

— Paola, preciso ouvir seu coração. Tudo bem se eu tocar no seu peito? — Eu podia ter tocado, mas a última coisa que eu queria era assustá-la e acabar causando uma parada cardíaca.

— *Sí.* — Ela ergueu a mão para Zoe. — Minha melhor amiga.

— *Shhh.* Zoe está bem ali. Deixe o dr. Rhett te examinar. — Emily se agachou ao lado de Paola e fez um sanduíche com a mãozinha dela entre as suas.

Eu levantei a blusa da menina e pressionei a campânula no peito dela. O sopro que a maioria das crianças com tetralogia de Fallot tinha estava ali, mas não era aquilo que me preocupava. O coração batia a quase cento e vinte por minuto, alto para uma pulsação em repouso.

— Olhe para cima.

As membranas mucosas em volta dos olhos dela estavam azul-claras.

Ela está piorando.

Ergui a mãozinha em direção à luz e verifiquei as unhas. Estavam mais escuras do que quando as verifiquei mais cedo.

— Rhett? — A voz de Emily estava trêmula.

— A cianose está notavelmente pior, assim como a respiração. Alguém pegue oxigênio para ela. — Mesmo que o O2 suplementar não funcionasse tão bem nela quanto nas outras crianças, ajudaria um pouco.

Zoe ficou pálida.

— O que é cianose?

— Significa que ela está ficando azul. — Emily se aproximou da filha. — O coração dela está se esforçando muito, mas não está enviando oxigênio para os pulmões.

Peguei o esfigmomanômetro na mesa.

— Docinho, preciso medir sua pressão, ok?

Paola esticou o braço sem pestanejar.

O resultado não me tranquilizou.

— Está baixa. Deveríamos levá-la para o hospital. — Peguei Paola no colo e fui para a sala.

— Preciso dos meus sapatos. — Zoe deu um salto e subiu as escadas correndo.

— Zoe, espera. Você não pode ir. Você e a vovó têm que ir para o aeroporto.

A menina ou não ouviu, ou ignorou a mãe.

Paola, por outro lado, pareceu entender cada palavra.

— Zoe!

— Docinho, por favor, se acalme. — Eu me sentei e a embalei em meus braços como se ela fosse um bebezinho.

Mary trouxe o tanque de oxigênio portátil.

— Não sei como funciona.

— Obrigado. — Prendi a máscara no rosto de Paola, mas ela não queria ficar com a máscara e a arrancou. Falando em espanhol, eu implorei: — Por favor, deixa.

— Não. — A cada vez que eu colocava a máscara perto do rosto dela, ela virava a cabeça ou dava um tapa para afastá-la.

— Você pode segurar a máscara perto do seu rosto e respirar esse ar especial?

Lutando para recuperar o fôlego, Paola pegou a máscara e a segurou a um ou dois centímetros do nariz e da boca.

— Um pouco mais perto.

Ela olhou feio, mas fez o que pedi.

Emily se sentou ao nosso lado no sofá.

— Devo ligar para a emergência?

— Não, mas precisamos ir. — Se fosse outra criança, eu a teria posto em uma ambulância cinco minutos atrás, mas o estresse extra só pioraria os sintomas. — Pegue meus sapatos, as chaves e o que for necessário. Me encontre lá fora.

Ela fez que sim e entrou em ação.

Mesmo que quisesse dar voz à minha opinião, evitei dizer a ela para trazer a Zoe, por algumas razões. Primeira, eu não sabia o quanto de inglês Paola tinha aprendido. A última coisa que eu precisava era das duas fazendo pirraça. Segunda, eu não sabia como Emily se sentiria com a filha dela indo para o hospital sob essas circunstâncias.

Paola ficou mole nos meus braços.

Não, não, não. Merda. A lembrança de outra menininha desmaiando nos meus braços me deixou sem ar. *De novo não. Por favor, de novo não.* Pisei no freio da autopiedade. *Você não matou a Ashlyn. Você fez o melhor que podia. Ela morreu. Foi horrível, mas essa não é ela.*

— Mãe! Ligue para a emergência. — Tudo o que aprendi na faculdade de medicina, e tomando conta de centenas de crianças com problemas de coração, fugiu do meu cérebro. Meu primeiro instinto foi gritar e sacudi-la até que ela acordasse, mas aquilo não ajudaria.

Percebi que eu tinha interrompido a porra do ataque de pânico. Agora, tudo o que eu precisava fazer era salvar a criança. *Ok. Pense. Rhett. Pense.*

Coloquei a menina no chão e pressionei o dedo na carótida dela.

A batida rítmica do coração levou lágrimas aos meus olhos. *Não é uma parada cardíaca. Só uma maldita crise de hipóxia.*

Deitando-me ao lado de Paola, aninhei as costas dela no meu peito e a enrolei como uma bolinha. A posição faria com que fosse mais fácil o coração exercer sua função.

Emily entrou correndo na sala com minha mãe logo atrás.

— Estou com a atendente da emergência na linha. O que eu digo? — perguntou minha mãe.

Ainda segurando Paola em posição fetal, forneci as informações médicas da menina e adicionei:

— Diga a eles que o cardiologista dela está junto, e nós vamos para o

Memorial. Preciso de cetamina, propranolol e fenilefrina na ambulância ou já pronta no pronto-socorro.

Repetindo as instruções, minha mãe se virou e saiu correndo da sala. Ela não estava lá quando Ashlyn morreu, mas a situação devia ser difícil para ela ainda assim.

— O que eu posso fazer? — quis saber Emily.

— Ajude com o oxigênio. — Em algum momento entre Paola desmaiar e eu a deitar no chão, o tubo tinha se enrolado em torno de nós.

Ela puxou o tanque portátil para mais perto e começou o processo de desenrolar os tubos, dizendo:

— Ela vai ficar bem.

Espero que sim, meu amor. Espero mesmo.

— Vai, ela é mais forte do que parece.

Foi só quando encaixamos a máscara no rosto da menina que notei Zoe na entrada. Com os olhos arregalados e desorientada, ela encarava.

— Quer segurar a mão dela?

Zoe me surpreendeu pra cacete quando ergueu o queixo, marchou até a gente e se deitou na frente de Paola.

Atrás de mim, Emily exalou um suspiro trêmulo.

Olhei nos olhos de Zoe.

— Fale com ela. Ela pode te ouvir.

— O que eu digo?

— Conte uma história. — Lutando para controlar as emoções, cerrei a mandíbula e pisquei até dispersar as lágrimas. Eu não podia deixar que essa criança visse a nova amiga morrer, mas aprendi da forma mais difícil que eu não era Deus. Eu podia fazer tudo que estivesse ao meu alcance para salvá-la, e isso poderia ou não ser o suficiente.

A sala girava como um carrossel, ficando menor a cada volta. Meu peito apertou e me vi tendo dificuldade para respirar. *Agora não. Agora não, porra.*

Ponha um fim nisso. A morte da Ashlyn não foi culpa sua. Você fez o melhor que podia por ela. Agora faça o melhor pela Paola.

Emily se enroscou atrás de mim e passou um braço ao meu redor.

— Respira. Só respira.

O ataque de pânico começou a passar. Mesmo que a presença de Emily ajudasse, ela não diminuiu minha ansiedade. Eu que a controlei. Graças ao tapa na cara verbal que Emily me deu mais cedo. Fiz o que anos de técnicas de relaxamento e incontáveis remédios não puderam fazer.

Ela era um milagre. *O meu milagre.*

A voz suave de Zoe preencheu a sala.

— Era uma vez, em uma terra muito, muito distante, duas princesas. Uma era linda e tinha o cabelo preto e a pele morena. O nome dela era Paola...

Você está me matando uma palavra por vez, docinho. Pigarreei e me concentrei no subir e descer do peito de Paola e nos batimentos acelerados do seu coração.

CAPÍTULO 23

Emily

Entrei na emergência e fiz uma oração silenciosa de agradecimento por Zoe ter ficar em casa com a minha mãe e a de Rhett. A sala de espera parecia uma área de descanso para os figurantes de um filme de zumbi. Embora poucos pacientes tivessem lesões óbvias, a maioria parecia estar com gripe.

Peguei uma máscara de proteção no suporte perto da porta e passei álcool em gel na mão antes de me aproximar da recepção.

Depois do que pareceram horas, a mulher fez sinal para eu me aproximar.

— Em que posso ajudar?

— A ambulância do dr. Hammond já chegou?

A enfermeira de pé lá atrás ficou espantada.

— Nosso dr. Hammond? Ele está ferido?

Várias outras mulheres de uniforme se viraram e me encararam.

Mas que merda?

— Não, ele veio com uma paciente, Paola Flores. Eu sou a guardiã dela.

As mulheres trocaram olhares antes de a enfermeira dizer:

— Você deve estar falando de outro dr. Hammond. O nosso é cardiologista. Tem certeza de que está no hospital certo?

Eu não tinha tempo para aquilo. Em vez de continuar falando em rodeios, ergui o queixo e usei a minha voz militar.

— Eu coloquei o dr. Rhett Hammond e uma paciente de cinco anos de idade com tetralogia de Fallot em uma ambulância há dez minutos. Paola teve uma grave crise de hipóxia. Onde eles estão?

A enfermeira atrás da mesa sacudiu a cabeça e se virou. No entanto, a recepcionista digitou alguma coisa no computador.

— Não tem nenhuma Flores no sistema.

— Emily? — chamou Bridget, parada às portas duplas. Não sei o que ela viu no meu rosto, mas veio correndo até mim. — O que aconteceu?

— Paola teve uma crise séria de hipóxia. Eu pensei... — Lutei para conseguir dizer as palavras. — Pensei que ela estava tendo uma parada cardíaca. Rhett veio com ela na ambulância, mas ninguém sabe me dizer nada.

— Venha comigo. Acabei o meu turno, mas posso descobrir onde eles estão e ficar com você até sabermos do estado da Paola. — Bridget deu um olhar bem não amigável para a recepcionista antes de me conduzir através das portas automáticas.

— Não precisa fazer isso. Você tem um marido e três filhos esperando em casa — eu disse a coisa certa, mas não queria ficar sozinha.

— Na verdade, Simon ainda está no ambulatório, e as crianças vão ficar com os pais dele até domingo. — Ela me deu um abraço de lado e apontou para uma pequena sala de espera. — Espere aqui. Volto já.

— Tá. — Entrei na sala vazia, me larguei na cadeira e enviei um e-mail cuidadosamente escrito para o médico de Paola em Bogotá.

Agora que eu tive a chance de parar, a adrenalina começou a diminuir. Senti como se minha pele estivesse dois tamanhos menor e minhas mãos não paravam de tremer. Mas aquilo não era o pior. A dúvida começou a espetar meu subconsciente.

Rhett teve outro ataque de pânico no meio da crise de Paola. Claro, ele foi ótimo antes e depois, mas eu não podia parar de pensar naquilo. *E se ele tiver outro no meio da cirurgia? Ele terá a vida dela nas mãos. Se perder o controle, ela pode acabar morrendo.*

Eu precisava fazer alguma coisa, mas o quê? Se eu abordasse o assunto com Rhett, era capaz de ele me dizer que tudo ficaria bem. Mas ficaria? Eu ousaria procurar o diretor clínico? O meu chefe? O que aquilo faria com a carreira dele? Com a gente?

Bridget voltou e fechou a porta.

— Eles estão atendendo a Paola agora.

Fiquei imediatamente de pé.

— Onde ela está?

— Vamos dar a Rhett, e aos outros médicos, tempo para estabilizar a Paola antes de você ir vê-la, ok? — Ela colocou a mão no meu ombro e me encaminhou gentilmente até a cadeira.

— Rhett parecia... ansioso?

— Não mais do que os outros na sala. — Ela inclinou a cabeça. — Por que a pergunta?

Eu não tinha ideia de como a confidencialidade funcionava nessas situações. Era como com um terapeuta? Ela jurou guardar segredo a menos que eu dissesse que ele era um perigo para si e para os outros? Ele era um perigo para Paola?

— Emily? — Ela apertou minha mão. — O que foi?

— Extraoficialmente?

— É claro.

Palavras como *debilitado* e *TEPT* circulavam pela minha cabeça, mas eu não podia me obrigar a usá-las. No Exército, elas eram uma passagem só de ida para o trabalho burocrático até o soldado resolver o problema. Eu não podia arriscar.

— Ele ficou muito apegado a Paola. Estou preocupada com ele.

Ela suspirou.

— Simon me disse que Rhett se esforçou para arrumar o quarto dela, e até mesmo comprou uma babá eletrônica.

— Falar que ele se esforçou é abrandar as coisas. — Ri para aliviar a tensão. — Ele encheu o quarto de brinquedos, roupas e lençóis cor-de-rosa, mas ela se recusou a dormir na cama. Acabamos desmontando tudo e fazendo uma imensa cabaninha de lençol para ela.

Bridget observou meu rosto por tanto tempo que pensei que eu fosse saltar da minha própria pele.

— Você está preocupada com ele por causa do que aconteceu com Ashlyn.

— Sim. — Soltei um suspiro. — Faz oito anos que ele se sente culpado pela morte dela.

— Emily, há mais alguma coisa? — Ela ficou mais séria. — Eu não sei todos os detalhes, nem quero saber, mas entre o que Lila disse para ele e a forma como você está agindo... preciso perguntar. Ele está bem?

Depende do que você encara como bem.

— Se tudo for bem na cirurgia, ele deve ficar.

— Ele perdeu o distanciamento profissional. O que dá para entender, já que Paola está morando com ele. — Bridget se recostou na cadeira. — Pensei que você tinha me dito que ele tem transtorno de estresse pós-traumático.

A julgar pela voz dela, tomei a decisão correta ao esconder os detalhes, mas eu tinha um problema. Um bem grande. Rhett pode ou não ter TEPT, mas ele tinha ataques de pânico. A menos que algo horrível acontecesse, era ele quem abriria o peito de Paola.

Uma enfermeira bateu e abriu a porta.

— Srta. Daniels?

Fiquei de pé.

— Sim?

— O dr. Hammond me pediu para te procurar. — Ela sorriu. — Paola está perguntando por você.

A tensão que carreguei desde que Sarah Hammond tinha dito que algo estava errado com Paola retrocedeu.

— Ela está consciente e falando?

A enfermeira fez que sim.

— Está um pouco grogue por causa dos medicamentos, mas os níveis de oxigênio melhoraram.

Bridget passou o braço pelo meu ombro.

— Você se importa se eu for junto?

— É claro que não.

A enfermeira nos levou até um quarto nos fundos da emergência.

Paola me deu um sorriso sonolento.

— Srta. Emily.

— Oi. — Eu fui até a cama e peguei a mão dela. — *Que pasa?*

— *Bien.* — Os olhinhos se fecharam.

Parado no canto do quarto, Rhett riu.

— Ela está chapada.

— É o diagnóstico oficial, dr. Hammond? — Bridget arqueou a sobrancelha. — Acho que não sei qual código colocar nesse.

— Essa é a beleza dos casos de caridade, enfermeira Hogue. Nada de conta, nada de seguro, nada de se preocupar com as moças do financeiro nos caçando por causa dos códigos corretos. — Ele se juntou a mim na beira da cama de Paola. — Como você está?

Descansei a cabeça no ombro dele.

— Melhor agora.

Rhett me virou de frente para ele e pressionou a boca na minha. Então enterrou uma mão no meu cabelo e agarrou minha bunda com a outra, como se me reivindicasse.

Bridget pigarreou.

— Vou dar privacidade a vocês.

Eu me afastei o bastante para dizer "desculpa".

— Não se preocupe. — Ela riu enquanto percorria o corredor.

Ele me soltou, mas deslizou a mão na minha.

— Ela vai precisar tomar os medicamentos pré-operatórios por quarenta e oito horas antes da cirurgia. Em dois dias, ela estará nova em folha.

Odiava acabar com o bom humor dele, mas eu tinha que abordar o assunto.

— Rhett, tem certeza de que você é o mais indicado para fazer a cirurgia?

Ele se encolheu e deu um passo para trás.

— Com certeza, porra.

— Você teve outro... — Eu me virei e fechei a porta antes de continuar. — Você teve outro ataque de pânico antes de a ambulância chegar.

— Não. Eu não tive. — Ele enrijeceu a coluna.

Ele está falando sério?

— Eu estava lá. Eu vi.

— Eu senti um chegando, mas o detive. — Rhett colocou as mãos nos bolsos e afastou o olhar.

— Como? — Em retrospecto, o ataque pareceu bem mais curto comparado aos outros. No entanto, como eu também que já tive muitos ataques de pânico, tinha dificuldade em acreditar que ele poderia desligá-los como a porra de um interruptor.

— Importa? — Engolindo em seco, ele sacudiu a cabeça. — Você não confia em mim para fazer a cirurgia, não é?

— Não é isso. — *É?* No final das contas, eu confiava nele para saber dos próprios limites e permanecer dentro deles?

— Então o que é, Em? Porque não faço a mínima ideia de onde está vindo essa desconfiança.

— Eu não sei.

— Me fala quando descobrir.

— Rhett... desculpa.

— Não se preocupe com isso. Preciso lançar algumas notas no prontuário da Paola, ver meia dúzia de pacientes regulares, e então vou para casa dormir um pouco. Tenho cirurgias consecutivas a partir das seis da manhã. — Ele me deu um sorriso amarelo e apertou meu ombro antes de se virar para a porta.

— Você vai me deixar aqui? — Eu me dividi entre o pânico e a raiva. — Você nem sequer me disse o que há de errado com ela ou o que vai acontecer agora. Preciso de umas coisas da sua casa, e espera-se que minha mãe e Zoe peguem um voo esta tarde.

Rhett beliscou o alto do nariz.

— Assim que eu preencher o prontuário, as autoridades arranjarão um quarto para ela na UTI pediátrica. Não vai demorar muito. Nesse meio tempo, vou pedir a minha mãe para levá-las para o aeroporto e ficar aqui por tempo o bastante para que você possa ir em casa, tomar um banho e pegar suas coisas.

Recomponha-se, Emily. Você parece a Lila. Encarnei a adulta que existe em mim e ergui o queixo.

— Posso ligar para a Sarah. Desculpa o surto. O dia está sendo longo.

— Venho ver Paola entre as consultas. — Ele saiu da sala de exame.

Sem ele, o lugar pareceu vazio. Pior ainda, eu me senti vazia.

Até aquele momento, não tinha percebido o quanto comecei a depender dele. O quanto o sorriso dele iluminava o meu dia e fazia tudo parecer possível. O quanto eu o amava.

CAPÍTULO 24

Rhett

Meu dia passou em um borrão de resultados de exames, rostos de pacientes e papelada, mas, apesar do cronograma insano, não pude parar de pensar em Emily. Especificamente na conversa que tivemos mais cedo naquela manhã que me incomodou pra caralho.

Entendia as preocupações dela. Porra, eu não ia querer um cirurgião dado a ataques de pânico operando alguém de quem eu gostava. No entanto, a dúvida na voz dela, quando eu disse que tinha os ataques de pânico sob controle, pareceu uma traição.

Simon bateu na porta do meu consultório.

— Tem um minuto?

— Claro. — Eu não tinha um minuto, mas o rosto dele me deixou preocupado. Normalmente, Simon era o tipo de cara que parecia estar por dentro da piada interna de todo mundo. *Hoje, nem tanto.*

Ele se sentou em uma das cadeiras de frente para a minha mesa e passou as mãos pelo cabelo.

— Lembra do outro dia quando eu disse que achava ter visto Lila em algum lugar?

A simples menção à minha ex-mulher fez minha medula virar gelo.

— Sim.

Fazendo careta, Simon esfregou a testa como se tentasse evitar uma dor de cabeça.

— Estou quebrando um monte de regras agora.

— Ok... — Vi meu joelho balançando e me forcei a relaxar. O cara estava me deixando nervoso. — Essa é a hora que eu tento te convencer a não me contar o que quer que você veio dizer? Porque não vai acontecer.

Ele me encarou como se considerasse, e reconsiderasse, o próximo movimento.

— Um uísque puro malte ajudaria a soltar sua língua? — Fiquei de pé e fui até o armário.

— Você deixa bebida no consultório?

— Você ficaria surpreso com o número de vezes que vem a calhar. — Preenchi dois dedos do copo *vintage* e o entreguei a ele.

Ele virou a bebida de uma vez só.

— Lila veio ao ambulatório hoje.

Bem, foi fácil.

— Surpreendente. O médico dela atende naquela clínica chique que abriu há pouco tempo.

Simon inclinou a cabeça.

— Deixe-me adivinhar, ele te envia a conta?

— Bingo. — Pensei em me servir uma dose também. Pelo andar da carruagem, eu ia precisar de uma antes de ele conseguir me dizer o que está rolando.

— Ela está grávida. Daqui a mais ou menos sete meses, você não vai mais precisar pagar a pensão.

— Boa. — Rindo, eu fiz um gesto com a mão. — Ela não pode estar grávida. Você a ouviu tentar me extorquir para pagar o tratamento de fertilização.

— Ouvi, mas eu li o prontuário dela. Ela fez um teste de gravidez. Deu positivo. — Simon me olhou nos olhos.

As palavras me atingiram como um soco no estômago. *Ela mentiu, porra. Nada surpreendente, mas por quê? Que merda ela estava tramando? Uma última bolada de dinheiro?*

— Caramba.

Ele suspirou.

— Pensei que você deveria saber.

— Eu... é... obrigado.

Simon baixou a voz.

— Não é seu, é?

— Não, porra. — Ri porque a alternativa era me curvar debaixo da mesa. A menos que Lila tenha me drogado e roubado o meu esperma, não havia como o bebê ser meu. — Pobre criança. Não tem a mínima chance de uma vida normal com uma mãe daquelas.

Ele pressionou os lábios em uma linha de desagrado e ficou de pé.

— Lembre-se, você não ficou sabendo por mim. Eu me arrisquei muito olhando aquele prontuário. Delagarza quase me pegou.

— Obrigado, cara. Fico muito agradecido. Mas por que Lila se consultou com a Delagarza? — Imagina uma dupla perigosa. Lila e a médica poderiam causar um belo estrago.

— Ela é voluntária no ambulatório uma vez por semana.

— Nossa. Ela não parece desse tipo. — Eu o acompanhei até o corredor bem a tempo de dar as boas-vindas ao diretor clínico no meu canto do hospital.

— Hammond. Precisamos conversar. — O dr. Rivera cumprimentou Simon com a cabeça antes de me olhar nos olhos. — Há um problema.

— Falo com você mais tarde. — Simon deu meia-volta.

Rivera ergueu a voz.

— Na verdade, dr. Hogue, eu gostaria que você acompanhasse a conversa, se não se importar.

Nunca entendi essa expressão "se não se importar". Como regra geral, se você precisa dizê-la, a pessoa em questão se importa, e pela expressão sofrida de Simon, ele se importava muito.

Ele olhou para o relógio.

— Tenho que pegar meus filhos daqui a meia hora.

— Não vai levar muito tempo. — Rivera nos levou até o meu consultório.

Eu meio que esperava que ele fosse se sentar na minha cadeira e colocar os pés sobre a mesa. Ultimamente, Rivera estava com um pouco de complexo de Deus.

— O que foi? — Com um pé para dentro e outro para fora, apoiei o ombro no limiar da porta. — Estou atrasado para as rondas.

— Feche a porta e se sente — disse o dr. Rivera.

Porra. Em momentos como aquele, eu odiava trabalhar em um hospital grande. A ideia de me mudar para o meio da Dakota do Norte e abrir meu próprio consultório ficava mais atraente a cada segundo.

Depois de estarmos todos acomodados para o que prometia ser um belo sermão, Rivera respirou fundo e fez um enorme despejo no meu dia já ruim.

— Chegou ao meu conhecimento que você sofre de TEPT.

Só me meti numa briga de socos uma vez na vida. Foi na quinta série, quando o valentão do parquinho empurrou a Emily. O confronto durou uns trinta segundos. Acertei o garoto na mandíbula e ele esvaziou os meus pulmões com um único soco bem dado na boca do estômago. Eu nunca me esqueci daquela sensação.

As palavras do dr. Rivera me atingiram na porra da boca do estômago.

Só havia uma pessoa na face da Terra que poderia ter ido procurá-lo para falar da minha ansiedade: Emily.

Lutando para esconder que eu não podia respirar, respondi:

— Eu não tenho TEPT.

O diretor clínico franziu o cenho.

— A pessoa que veio me procurar tem um relacionamento próximo com você. Por que ele ou ela mentiria sobre algo assim?

— Já que não sei quem foi que falou, não posso dar qualquer palpite. — Engoli a frustração, a decepção e a dor. *Por que ela faria isso? Por que arruinar a minha carreira?*

— Conheço Rhett há dois anos. Já o vi lidar com situações estressantes tanto na vida pessoal quanto na profissional, e nunca notei qualquer sinal de TEPT.

Meneei a cabeça e disse a única coisa em que pude pensar para abrandar a situação. A verdade, ou a metade dela.

— Senhor, sofri um luto profundo após a morte da minha filha de um ano e dois meses, mas isso foi há oito anos. Eu me consultei com um psicólogo e focamos nisso.

Rivera me observou.

— Foi por isso que parou de atender crianças?

Vi a armadilha que ele montou, mas fui incapaz de me impedir de cair nela.

— Foi.

— Como está sua saúde mental desde que assumiu o caso Flores?

— Nunca esteve melhor. — Relaxando os ombros, eu me recostei e sorri. — Devo admitir que fiquei preocupado de início, mas tenho certeza absoluta de que poderei dar a ela o melhor atendimento possível. Paola é uma criança maravilhosa, e a srta. Daniels deveria ganhar uma medalha pelo trabalho que vem fazendo.

Simon me lançou um olhar rápido.

— Concordo. Minha esposa e eu já trabalhamos com a Healing Hearts. O trabalho deles é incrível.

Mensagem recebida. Nada de exageros. O problema era que eu quis dizer o que disse. Emily podia ter me dedurado, mas eu tinha que acreditar que ela fez aquilo por estar preocupada com Paola. Saber daquilo não diminuía a dor da traição. Ainda doía pra cacete.

Rivera se inclinou para a frente e deu outro golpe.

— É verdade que a srta. Daniels e a paciente estão morando com você?

Simon se sentou ereto.

— A srta. Daniels está alugando a suíte da minha garagem...

— Estava. Ela *estava* alugando um quarto na casa de Hogue, mas, por causa da saúde e do bem-estar da paciente, pedi para ela reconsiderar. — Embora eu fosse grato pela tentativa, não podia deixar Simon mentir por mim. Ele tinha esposa e três filhos em quem pensar.

Rivera estreitou os olhos.

— Por quê?

— Os voluntários que aceitaram receber Paola deram para trás. Em retrospecto, eles podem muito bem ter salvado a vida da menina. Eles não estavam preparados para cuidar de uma criança tão doente quanto ela. — Fui em frente, explicando minhas preocupações com o sistema imunológico de Paola e a necessidade de acompanhamento médico constante.

— Obrigado pelo seu tempo, cavalheiros. — Rivera ficou de pé. — Dr. Hammond, essa situação é inusitada, para dizer o mínimo. Convoquei uma reunião de emergência com o conselho para as nove da manhã.

— Senhor, eu tenho cirurgias agendadas...

— Pode ser uma surpresa, mas o senhor não é o único cardiologista do hospital. A menos que haja alguma outra surpresa, a reunião não durará mais do que uma hora. Delegue os casos de rotina para os residentes sêniores. Adie os casos mais delicados até depois das dez.

Eu deveria pedir demissão. Os invernos na Dakota do Norte não deviam ser tão ruins assim. Estendi a mão.

— Vejo-o amanhã, senhor.

Ignorando o gesto, Rivera se virou para Simon.

— Quero você presente como testemunha, Hogue.

Ele fez que sim e me olhou de soslaio.

Esperei até o diretor clínico estar longe e soltei uns palavrões que fariam minha mãe sair correndo para buscar uma barra de sabão.

Simon apontou para a porta.

— Você percebe que ela foi longe demais desta vez, né?

— Ela teve suas razões. — Razões que eu pretendia discutir com Emily assim que ficasse a sós com ela.

Ele ficou de pé e me rodeou.

— Depois de tudo o que ela fez, você ainda a defende? Você está doido?

Tudo o que ela fez?

— Puta merda. Você acha que foi a Lila? — Não queria cogitar o que aquilo dizia de mim, já que foi automático eu esperar o pior de Emily. Mas depois da forma que ela me acusou de estar debilitado demais para fazer a porra do meu trabalho... o que eu mesmo fiz uma meia dúzia de vezes depois de aceitar pegar o caso da Paola.

— Sim. Lila. Quem mais teria... — Ele ficou boquiaberto. — Emily?

— Eu não sei, mas pretendo descobrir.

Simon agarrou meu antebraço.

— Não é o estilo dela. Ela teria te procurado caso tivesse algum problema.

— Ela me procurou. — Baixei a cabeça.

— O que Rivera disse é verdade?

— Tenho ataques de pânico, às vezes. Eles são disparados por memórias de Ashlyn, mas estou lidando melhor com eles.

— Sinto muito, parceiro. Deve ser difícil. — Ele sacudiu a cabeça. — Ainda tenho dificuldade de acreditar que Emily te dedurou para o Rivera.

— Eu também, mas não tenho uma crise na frente de Lila há oito anos. — Só que não a chamo de *MentiLila Patológica* à toa.

CAPÍTULO 25
Rhett

Quando finalmente terminei a ronda com os pacientes de rotina, li três historinhas para Paola, duas vezes, uma vez em espanhol e de novo em inglês, e preenchi a montanha de papel na minha mesa, já passava da meia-noite. Meu corpo doía ao ponto de eu ficar em pé na cozinha debatendo se queria me arrastar escada acima ou me largar no sofá e dormir.

Optei pelas escadas. Além de dormir na minha própria cama, eu queria me aconchegar com Emily. Claro, ela, sozinha, podia ter afundando minha carreira, mas eu queria mais uma noite com ela antes que me atolasse demais na merda para poder sair dela.

Entrei na suíte principal, mas Emily não estava lá. Embora Paola tenha me dito que Emily esteve no hospital, não me encontrei com ela desde de manhã. Começava a pensar que ela estava me evitando.

Nossa, já imagino o porquê.

Tirando a roupa no caminho, entrei no chuveiro. Normalmente, lavar a sujeira do dia me ajudava a clarear a mente, mas eu duvidava que qualquer coisa menos que oito horas de sono, seguidas por uma jarra de café, ajudaria.

Ainda meio molhado, voltei para o quarto escuro e deslizei entre os lençóis.

— Rhett? Podemos conversar? — Emily estava parada à porta, a silhueta delineada pela luz fraca do corredor.

Cada músculo do meu corpo reclamou quando me sentei. Meu pau, por outro lado, não teve o mesmo problema. Ele ficou duro na mesma hora.

— Claro, amor. O que foi?

— Tem certeza? Está tarde. Você está cansado. Posso esperar.

— Venha já aqui e pare de enrolar. — Agora que sabia que ela estava em casa, não havia como eu ser capaz de dormir sem ela ao meu lado. — Sua mãe e Zoe chegaram bem ao aeroporto?

— Elas decidiram ficar até depois da cirurgia da Paola. Sarah está no hospital com ela agora. Estamos revezando.

— Muito bom. Paola fica melhor quando tem alguém com ela.

Emily se sentou de pernas cruzadas sobre a cama.

— Desculpa por hoje de manhã.

Mesmo não podendo ver a expressão dela no quarto escuro, eu podia dizer pelo tom de voz que ela estava franzindo o cenho.

— Entendo a sua preocupação.

— Fiz uma idiotice, e queria que você ficasse sabendo por mim.

Lá vai. Mesmo suspeitando de que ela tinha ido atrás de Rivera, eu não queria acreditar. *Só mais uma noite. Tudo o que eu queria era mais uma noite antes de ter que lidar com aquela traição.*

— Eu não me importo com o que você fez ou com seus motivos. Só tire essa camisa feia e a calça, suba em cima de mim e me monte até eu me esquecer desse dia de merda.

Ela soltou um som que veio do fundo da garganta, não era bem um arquejo, mas também não era um gemido.

— Você quer transar? Agora?

— Como jamais quis nada na vida.

Emily tirou a camisa e ergueu os joelhos para tirar a calça, mas parou quando me viu encarando.

— Não é nada que você nunca tenha visto.

— Você está errada. Eu nunca te vi como uma mulher crescida, voluptuosa e linda.

Emily baixou o queixo.

— O que está errado? — Eu a peguei pela mão e a puxei para mim.

— Já faz muito, muito tempo para mim — sussurrou.

— Para mim também. — Eu me aninhei entre os peitos nus dela. *Meu Deus, como senti saudade disso. Saudade dela.*

— Você está brincando, né? Você deveria ter visto a cara das enfermeiras. Todas ficaram derretidas quando mencionei o seu nome. — Ela me montou.

Entre os seios na minha cara e a umidade quente perto pra caralho do meu pau, eu estava prestes a explodir sem ela nem mesmo me tocar. Eu precisava ir devagar antes que passasse vergonha.

— Eu não fodo com as enfermeiras. — Lambi o mamilo direito. — Ou auxiliares. — Puxando o esquerdo para a boca, murmurei: — Ou médicas.

— Ah. — Ela deixou a cabeça cair para o lado e arqueou as costas.

Eu não podia aguentar muito mais. Precisava estar dentro dela, mas era cedo demais. Em merecia mais do que eu entrando e saindo dela sem preliminares.

Emily se inclinou para a frente e beijou meu pescoço.

— Você tem camisinha?

— Na mesinha de cabeceira, mas elas estão muito velhas. — Eu me odiei por não pensar no futuro. Do jeito que as coisas estavam indo entre nós, eu deveria estar preparado.

— Eu tomo anticoncepcional. — Ela se sentou e mordeu o lábio inferior como se estivesse com medo de ser dispensada.

O inferno congelaria antes de isso acontecer.

— Estou limpo, mas entendo se você preferir esperar.

— Talvez seja melhor não cruzarmos essa linha até termos certeza do que *queremos*. — Emily levou a mão entre os nossos corpos, envolveu o meu pau e me afagou uma, duas, três vezes. — Humm... parece que você quer fazer isso comigo.

— Eu quero. Deus. Eu quero. — Meus olhos rolaram para dentro da cabeça. — Amor, se fizer isso de novo, vou gozar na sua mão.

— Igual na época da escola. — Ela riu e ficou de joelhos.

— Hahaha, caralho. — Eu me obriguei a pensar em beisebol. Não, golfe. O esporte mais chato já inventado. Quando golfe não funcionou, fiz uso de cada lembrança que eu tinha do meu professor de latim, um senhor com manchas de pele e verrugas peludas.

Ficando de joelhos, Emily me colocou para dentro, um lento centímetro por vez.

Fazia anos desde que a senti assim, mas, juro, meu corpo se lembrava do dela. Apoiando as mãos nos seus quadris, eu a guiei para a frente e movi os meus para cima, do jeito que ela gostava.

Emily se lançou a um ritmo rápido-rápido-lento, como sempre fez. Uma vez, eu a provoquei dizendo que ela fazia amor igual a pessoas dançavam foxtrote. No entanto, nesse momento, eu mal podia formar uma palavra, que dirá implicar com os movimentos dela.

Ela fincou as unhas nos meus ombros e jogou a cabeça para trás. Com as coxas tremendo, Emily se esfregou no meu osso púbico.

— É isso aí, se joga.

Ela se desfez meio segundo depois, mas eu estava longe de acabar. Apertei ainda mais os quadris dela e a segurei firme enquanto me enterrava mais profundamente naquele corpo delicioso.

Sorrindo, Emily me olhou com os olhos semicerrados.

— Você é tão gostoso.

— Você também, amor. Mais do que gostosa. — Cada estocada fazia ondas de choque ricochetearem pelo meu corpo até que não pude segurar mais sequer um segundo. Eu a rocei contra os meus quadris e gozei dentro dela.

Emily fechou os olhos e arqueou as costas. O corpo ficou tenso e ela gemeu durante o seu segundo orgasmo da noite.

Não querendo que ela se afastasse e incapaz de falar, eu a puxei para o meu peito e a abracei com força.

Emily ergueu a cabeça o bastante para me olhar nos olhos.

— Eu amo você.

— Eu amo você também. Muito.

Ela se afastou de mim.

— Prometemos que não haveria mais segredos entre nós.

— Em, não. Agora não. Vamos só nos abraçar esta noite. Está tudo bem. Eu estava puto, mas entendo por que você fez isso. Vou dar um jeito com o conselho amanhã.

— Conselho? — Ela apoiou a cabeça na mão.

Ou podemos falar sobre isso esta noite. Suspirei.

— Rivera convocou uma reunião de emergência para discutir o meu TEPT, o que, a propósito, eu não tenho, tecnicamente. Minha terapeuta chamou de luto profundo.

Emily recuou em um solavanco.

— Do que você está falando?

Puta que pariu. Eu a conhecia o suficiente para saber que ela não fingiria aquela reação.

— Alguém disse a Rivera que estou debilitado e que você e Paola estão morando aqui.

— E você pensou que fui eu? — Ela puxou os cobertores sobre si.

— Eu não tinha certeza, mas, quando você entrou aqui dizendo ter feito algo estúpido...

Com os olhos arregalados, ela sacudiu a cabeça lentamente.

— Eu dei a Simon uma cópia dos exames da Paola e pedi uma segunda opinião.

Mesmo eu não ficando animado com a novidade, era infinitamente melhor do que ir correndo para Rivera.

— Entendi. O que ele disse?

— Ele concorda com você. — Ela franziu o cenho. — Não posso acreditar nisso.

Levando a mão à bochecha dela, eu disse:

— Eu saltei para as conclusões erradas, mas foi um erro honesto.

— Não é isso. Nós sempre tivemos os nossos mal-entendidos. — A expressão dela suavizou. — Eu não posso acreditar que alguém foi procurar o Rivera.

— Deve ter sido a Lila. Por falar nisso... Consegui a informação por meios escusos, mas, bem, disseram que ela já está grávida.

— Pobre criança. — A expressão de Emily azedou. — Pera aí. Se ela já está grávida, por que está pedindo dinheiro para a fertilização *in vitro*?

— Essa é a pergunta que não quer calar. — Eu a puxei para perto. — Mas, hoje à noite, não conseguiremos respostas nem alcançaremos a paz mundial.

Vamos dormir um pouco.

Ela sorriu contra o meu peito.

— Ou podemos transar de novo.

— Ou isso. Com certeza isso.

CAPÍTULO 26
Emily

Acordei com o estrondo dos *riffs* de guitarra de *Black Dog*, do Led Zeppelin. Gemendo, cobri a cabeça com o travesseiro. Não que eu tivesse algo contra os clássicos do rock, mas Rhett não mudou o toque do telefone desde o ensino médio.

Ele se atrapalhou no escuro.

— Dr. Hammond.

Percebi que estava dormindo ao lado de um médico, e não de um médico qualquer, mas o homem que tratava a criança que eu trouxe de um mundo de distância para fazer uma cirurgia cardíaca de peito aberto.

Rhett saltou da cama e pegou o uniforme na cômoda.

— Aplique, devagar, vinte miligramas de fenilefrina.

Ah, não. Eu não tinha ideia de para que aquele medicamento servia, mas ele o tinha mencionado para o socorro quando Paola teve a crise.

Ainda segurando o telefone na orelha, ele olhou nos meus olhos e franziu o cenho.

— Entre em contato com o anestesista agora. Eu a quero preparada e paramentada para quando chegar aí.

Logo peguei minhas roupas.

Rhett continuou ditando ordens pelo telefone, mas ele podia muito bem estar falando grego. Eu não falava *mediquês*, e meu cérebro ligou o interruptor dos protocolos de emergência.

Ainda vestindo a camisa, saí correndo pelo corredor e abri a porta do quarto da minha mãe.

— Tenho que voltar para o hospital.

Ela me deu uma olhada, saiu da cama e me puxou para um abraço.

— Vá. Não se preocupe com a Zoe. Eu a manterei distraída.

— Obrigada. Ligo assim que tiver notícias.

Cinco minutos depois, Rhett e eu estávamos vestidos e a caminho do Hospital Memorial. Felizmente, o adiantado da hora possibilitou que não houvesse trânsito intenso entre o bairro e o Providence.

Ele apertou minha mão.

— Vai ficar tudo bem.

Fiz que sim, mas nós dois sabíamos que ele só poderia ir até certo ponto. Às vezes, coisas ruins aconteciam, apesar de nos esforçarmos para evitá-las.

— Quando chegarmos lá, vou direto para a cirurgia.

— Estarei na sala de espera com sua mãe. — Eu me virei para olhar para ele. — Rhett, preciso que você saiba que eu acredito em você. Não importa o que aconteça, sei que fará todo o possível para salvar a Paola.

Ele me deu um sorriso tenso.

— Em, há uma sala de observação acima da maioria das salas de cirurgia.

— Como na televisão?

— Sim, tipo em *Plantão Médico*. Você poderá me ver em ação, mas, o mais importante, vou ser capaz de ver você. — O tremor na voz dele enviou um choque de medo pela minha espinha.

Ele está com medo. Ele está com medo de ter outro ataque de pânico no meio da cirurgia.

Rhett suspirou.

— Se você não estiver confortável...

— Não. Quer dizer... — *Que merda eu queria dizer?* Parecia que aquela conversa dependia das minhas próximas palavras. Nada bom, considerando que tive pouquíssimas horas de sono. — Sim, eu gostaria de ficar lá.

Rhett beijou minha mão.

— Obrigado.

Eu tinha perguntas. O que aconteceu? Foi outra crise de hipóxia ou algo pior? Ela estava forte o bastante para a cirurgia?

— Não completamos as quarenta e oito horas. Ela não precisa de mais medicação pré-operatória?

— Em um mundo perfeito, sim. — Ele cerrou a mandíbula e entrou no estacionamento.

Fazendo que sim, eu me esforcei para segurar o choro. Em situações como essa, meu treinamento militar vinha a calhar. Eu podia fingir calma, tranquilidade e compostura até que encontrasse um lugar seguro para desmoronar. Aguentaria firme por Rhett, por Paola e por Sarah.

Ah, Deus. Sarah deve estar arrasada.

Ele parou perto de um sobressalto na entrada dos fundos.

— Dê a volta até a emergência e pare no estacionamento de lá. Eu te encontro na sala de espera do centro cirúrgico no quarto andar.

— Tá. — Saltei do Jeep e fui até o lado do motorista.

Rhett me entregou as chaves, mas não soltou minha mão.

— Eu vou me casar com você um dia, Emily Elizabeth Daniels.

Cada grama de compostura militar que tinha dentro de mim derreteu, mas resisti ao impulso de me jogar nele.

— Se foi um pedido, a resposta é sim.

— Bom saber, mas não. Não foi um pedido. O pedido vai ser feito no alto de uma montanha, ou no Empire State Building, ao pôr do sol, com flores, música e um anel de diamante. — Ele me lançou um sorriso e foi correndo até a entrada.

Eu o encarei até a porta se fechar às suas costas, então encarei mais um pouco. Estávamos de volta na vida um do outro há menos de uma semana, e ainda não tínhamos falado sobre a logística de juntá-las. Mas nada disso importava.

Tão certo quanto o sol nasceria daqui a algumas horas, eu sabia que seria esposa dele.

A sra. Hammond se levantou quando entrei na sala de espera do centro cirúrgico. Os olhos vermelhos e inchados me disseram que ela andou chorando, mas a cabeça estava erguida. Eu sempre a admirei, mas nunca soube o quanto até aquele momento.

— Rhett vai fazer a cirurgia esta noite. Ele disse que vai nos encontrar antes de entrar. O que houve? Como você está? Precisa de alguma coisa? — balbuciei como uma idiota. — Desculpa.

Sarah me deu o mesmo sorriso paciente de quando eu roubei todas as rosas do jardim dela para fazer um buquê para o meu cachorro.

— Não se desculpe, querida. Esses últimos dois dias foram difíceis.

— Pode me dizer o que aconteceu?

— Paola estava dormindo quando os alarmes dos monitores dispararam. Quando vi, havia seis pessoas em cima dela. — A voz da sra. Hammond falhou. — Eles conseguiram ressuscitá-la, mas ela estava aterrorizada...

— E eles a apagaram de novo.

— Sim. — Ela se sentou na beirada da cadeira.

Rhett entrou na sala usando o uniforme e a touca cirúrgicos. Dada a situação, eu não deveria ter dado uma secada nele, mas, depois da noite que tivemos, não pude evitar. Eu brincaria de médico com ele qualquer dia, o dia inteiro, e a noite também.

— Senhoras. — Ele se dirigiu a nós duas, mas o olhar se fixou no meu.

— Paola está aguentando firme. Vou começar o procedimento daqui a uns minutos. Deve levar umas duas horas. Depois que acabar, ela será levada para a UTI coronariana. Vocês poderão vê-la lá.

— Mas não na recuperação? — Eu odiava a ideia de ela acordar sozinha.

Ele entrelaçou os dedos com os meus.

— Verei o que posso fazer, mas ela não vai acordar, se é isso que te preocupa. Nós a manteremos sedada e no respirador durante as primeiras vinte e quatro horas.

Sarah pareceu mais interessada em Rhett segurando minha mão do que na conversa em si.

Rhett sorriu para a mãe.

— Emily vai observar a cirurgia, quer ir também?

— Acho que não tenho estômago para isso. — Ela fez cara de nojo.

— Justo. — Beijando minha testa, ele sussurrou: — Não importa o que aconteça lá, vamos passar por essa.

— Juntos. — Eu me recusava a pensar em tudo o que poderia dar errado. Em vez disso, me concentrei na sensação da minha mão na dele.

— Juntos. — O sorriso se transformou na expressão que eu apelidei de cara de jogo: mandíbula cerrada, queixo erguido e olhos focados. — Pronto?

— Boa sorte lá. — Sarah apertou o ombro dele.

— Obrigado. — Rhett me levou até as portas e usou o crachá para abri-las.

Quanto mais avançávamos, mais rápido meu coração batia, mas eu me recusava a voltar.

Ele parou em um conjunto de janelas. Atrás do vidro havia três filas de cadeiras dobráveis. A disposição me lembrou de um minicinema, só que a mágica hollywoodiana não aconteceria lá embaixo.

— É isso. Não fique alarmada se outras pessoas entrarem e saírem. O caso dela é raro por causa da idade.

Não confiando na minha voz, assenti.

Ele inclinou a cabeça, sorriu e deu alguns passos antes de se virar.

— Vejo você lá do outro lado.

Senti que deveria dizer alguma coisa, mas o quê? Quebre a perna e arrasa com eles não parecia se encaixar na situação. Nem vejo você do outro lado, mas eu não iria ressaltar aquilo.

— Você dá conta, dr. Hammond.

CAPÍTULO 27
Emily

Aproximando-me do vidro, ignorei a enorme tela dando um close no peito aberto de Paola. Em vez disso, me concentrei no homem que era o centro da atividade. Rhett conduzia a sala de cirurgia como um maestro regendo uma orquestra tocando uma sinfonia.

Ele ia para um lado, as enfermeiras iam para o outro; era lindo de ver.

Até que não era mais.

Os apitos fizeram a equipe cirúrgica entrar em ação a toda velocidade. Rhett gritou ordens, e os outros obedeceram. Aquilo não tinha mudado, mas o humor tinha ido de tenso para urgente.

Atrás de mim, várias pessoas falavam. Eu estava tão concentrada assistindo ao Rhett que não notei mais ninguém na sala de observação. Os mais jovens na plateia estavam tendo várias conversas simultâneas. Fiquei incomodada por eles estarem discutindo um ser humano vivo e respirando, falando sobre partes e pedaços, mas eu entendia. Distanciamento profissional na comunidade médica tinha a mesma função da postura militar: dava às pessoas da linha de frente uma camada de proteção.

Rivera e umas duas pessoas que reconheci da reunião do conselho observavam com expressão severa. O diretor clínico me pegou encarando e me cumprimentou com a cabeça.

— Srta. Daniels, estou surpreso por vê-la aqui.

— Onde mais eu estaria? — Dei a ele um sorriso seco e virei a cabeça. Entendi a mensagem, minha presença ali era inusitada, mas precisaria de muito mais do que uma cara feia e uma declaração vaga para me fazer sair.

Lá embaixo, o caos reinava.

Rhett deu um passo para trás, secou a testa e encarou Paola.

Prendi o fôlego. *Não. Agora não. Você consegue. Continua.*

Ele olhou para mim. Embora a maior parte do rosto estivesse escondido atrás da máscara e dos óculos, não havia como me enganar quanto ao medo em seus olhos.

Pressionando a mão no vidro, eu disse "te amo" sem emitir som.

Atrás de mim, o coral de vozes mecânicas atirava perguntas:

— O que ele está fazendo?

— Por que parou?

— Por que está deixando a paciente sangrar?

— Ele pinçou a artéria?

— Por que as enfermeiras não estão fazendo sucção? Ele precisa verificar a válvula pulmonar.

— Quietos, ou terão que sair — bradou Rivera.

Rhett respirou fundo, virou a cabeça e disse alguma coisa para a enfermeira de frente para ele.

Ela fez que sim e pressionou os botões no monitor.

Os apitos pararam, assim como o meu coração.

Por um breve a apavorante segundo, pensei que ele tivesse desistido. Que tudo havia acabado. Que a tínhamos perdido.

Rhett olhou para cima de novo antes de se curvar sobre o peito aberto de Paola.

Dividi minha atenção entre ele e a tela. Mesmo não tendo ideia do que deu errado, sabia o bastante sobre a anatomia do coração para ter uma noção do que se passava.

— O dr. Hammond reparou a atresia pulmonar. A mudança no fluxo fez os monitores registrarem um problema, mas parece que ele teve êxito — disse Rivera.

Os residentes e os estudantes de medicina sussurraram entre si.

A porta abriu e fechou às minhas costas. Tive a sensação de alguém se aproximando, mas foi só quando Bridget colocou a mão no meu ombro que percebi que ela e Simon tinham se juntado a mim.

— Ficamos sabendo da parada cardíaca da noite passada. Como está indo a cirurgia? — sussurrou Bridget.

— Bem, eu acho.

— Ele é o melhor nesse tipo de coisa. — Simon apoiou os cotovelos nos joelhos e observou a cirurgia como qualquer homem assistia a uma partida de futebol.

Bridget colocou a mão sobre a minha.

— Simon está certo.

— Eu sei. — Aproximando-me, sussurrei: — Ele falou a palavra com "C" hoje de manhã.

Ela franziu o cenho, mas eu duvidava de que tivesse algo a ver com a mensagem enigmática.

Sim, estávamos indo rápido, mas era como se estivéssemos correndo atrás dos dez anos perdidos.

— É uma vida inteira em formação.

— Estou feliz por vocês.

Outra hora se passou antes de Rhett se afastar da mesa e me fazer dois joinhas cheios de sangue.

Meu estômago deu saltos mortais. Até mesmo com a metade superior do rosto dele coberta, eu podia dizer que ele estava sorrindo.

Ele conseguiu. Ele conseguiu, caralho.

Rivera ficou de pé.

— Srta. Daniels, já que está aqui, gostaria que se juntasse a nós esta manhã.

Pelo amor de Deus, eu não podia nem aproveitar o sucesso do meu cara por trinta segundos? Fui exagerada ao olhar para o relógio branco na parede da sala de cirurgia.

— Obrigada, mas eu só dormi umas duas horas. Preciso muito de um banho, de comida e de café antes de Paola ir para o quarto.

O sorriso dele me lembrou de um tubarão, cheio de dentes e voraz.

— Vou pedir para trazerem café e alguma coisa para comer. Quanto à paciente, ela ficará no centro de recuperação por algumas horas. Bastante tempo para que vá à reunião.

Ah, merda. Saí de casa com tanta pressa que nem me dei ao trabalho de vestir um sutiã, nem escovei os dentes ou tirei o cheiro de Rhett do corpo.

— Parece ótimo.

— Nove em ponto. — Ele saiu da sala.

Quando os outros espectadores saíram, entrei em pânico.

— Não posso ir a uma reunião usando jeans sujo e uma camisa que tenho há quinze anos.

Bridget riu.

— Vem comigo. Tem chuveiros no vestiário dos funcionários. Vou arranjar um uniforme cirúrgico limpo para você ou, no pior dos casos, você pode pegar emprestadas as roupas com que vim para o hospital.

— Obrigada. — Minha mente corria. — Preciso encontrar a sra. Hammond e dizer que Paola está bem.

— Vá se limpar. Vou contar ao Rhett o que aconteceu aqui. — Simon ficou de pé.

— Obrigada. Não sei mesmo o que faria sem vocês dois. — Agora que o perigo imediato tinha passado, eu lutava para controlar as emoções.

Segui Bridget através de um labirinto de paredes até um vestiário que fazia jus ao nome. Felizmente, esse não fedia tanto quanto o da época em que estudava na Holy Cross High School.

A dr. Dee Delagarza estava sentada em um dos longos bancos, calçando os tênis. Ela me olhou dos pés à cabeça, duas vezes, e torceu o lábio superior.

— Enfermeira Hogue, esta área é só para funcionários do hospital.

Bridget olhou de mim para ela e focou na médica.

— A senhora está certa, mas o dr. Rivera espera que Emily vá à reunião desta manhã. Ela pode fazer o asseio aqui ou dirigir meia hora na ida e na volta e se arrumar em casa. Devo perguntar ao chefe o que ele prefere?

Delagarza dispensou Bridget com um aceno da mão.

— Não tenho tempo para discutir. Tenho cirurgia em cinco minutos. Só não faça disso um hábito.

Se havia um lado bom em ser forçada a ir à reunião era saber que a dra. Delagarza não estaria lá. Aquela mulher me dava mesmo nos nervos. Eu podia lidar com ela olhando toda sonhadora para Rhett, mas não gostei nem um pouco de ela contar detalhes sobre uma conversa privada para o conselho e só para causar problemas para ele.

— O uniforme ou a roupa que eu vim? — Bridget bateu o pé no chão de mármore polido.

Eu me lembrei da forma que o tecido abraçava a bunda e os músculos de Rhett e franzi o cenho.

— Depende, tem algum com bolso na frente?

Ela olhou para o meu peito e riu.

— Vou correndo até o meu armário enquanto você toma banho. A sala do conselho é bem fria. Não queremos que você exiba os mamilos ou que faça os olhos de alguém saltar.

Imagina a cena.

— Obrigada. Só me dê um minuto para enviar um e-mail para o médico da Paola lá na Colômbia. — Peguei o telefone e comecei a digitar as notícias pelas quais os pais dela vinham rezando.

Pela cara de Bridget, ela tinha um problema, ou perguntas, ou opiniões, talvez os três.

— Algo passando pela sua cabeça?

— Sinto que preciso me desculpar pela minha reação de antes. Você me pegou completamente de surpresa quando disse que Rhett falou de casamento.

— Para esclarecer, não estamos oficialmente noivos. — Mostrei minha mão esquerda sem qualquer anel. — Quando vínhamos para o hospital hoje de manhã, ele disse que ia se casar comigo... tipo, um dia... sabe, num futuro distante.

Bridget fez um som que eu jamais pensei que sairia de sua boca. Ela meio que gritou e meio que chiou, então me abraçou.

— Estou tão feliz por vocês. Ele sempre foi um pouco reservado comigo e muito reservado com mulheres solteiras.

— Rhett passou por muita coisa. — Dei de ombros. — Apesar de tudo, ele tem um coração imenso.

— Mas o esconde atrás do jeito arrogante e do sorriso arrasador. — Rindo, Bridget mexeu as sobrancelhas.

Foi bom ter uma conversa normal, mas eu tinha uma reunião para ir.

— É melhor eu ir tomar banho.

— Tá. Desculpa, vou lá pegar as roupas. — Rindo, ela foi até a porta, mas falou por cima do ombro. — A propósito, se eu tiver direito a voto, quero que você se mude para cá.

Eu não tinha pensado em como tudo aquilo iria funcionar. Odiava a ideia de arrancar as raízes de Zoe, mas eu bem podia nos ver construindo uma vida ali em Rhode Island. Adentrei o vestiário e peguei uma toalha na prateleira.

Uma jovem com olhos muito azuis, cabelo louro e um crachá que dizia dra. Sellers virou no corredor. Erguendo o queixo e estreitando os olhos, ela perguntou:

— Você é a Emily Daniels, da Healing Hearts, certo?

— Sou. — Não tinha ideia de que horas eram, mas eu precisava entrar na merda do chuveiro imediatamente. Nem queria lidar com outra médica que parecia ter algum problema comigo.

— Eu sou a Angela. Trabalho com o dr. Hammond.

— Ele te pediu para vir me procurar? — É a Paola? *Ela teve uma recaída?*

— Não. Não é nada disso. Ouvi rumores...

Pelo amor de Cristo. Eu tinha coisas melhores a fazer do que lidar com *A revolta dos bisturis.*

— Estou com pressa. A reunião é às nove.

Ela suspirou.

— Olha, você parece bem legal. Precisa ser uma pessoa especial para fazer o trabalho que você faz, mas o dr. Hammond... ele não é o tipo de médico babaca com o qual você está acostumada.

Não pude deixar de sorrir. Ela não tinha um problema comigo, por assim dizer. Ela estava cuidando de Rhett.

— Nós crescemos juntos, vizinhos de porta. Nós dois somos filhos únicos, então passávamos muito tempo juntos. Nossas mães ainda são melhores amigas. Acredite em mim, tenho as melhores intenções com o dr. Hammond.

Sellers pareceu pensar no que eu disse.

— Os rumores são ruins. Estão dizendo que ele tem TEPT e que violou o código de ética.

— Ah. — Não me atrevi a confirmar ou negar a verdade por trás daqueles rumores ao corrigi-la. As coisas se resolveriam por si muito em breve.

Sellers franziu o cenho.

— Alguém está tentando prejudicar o dr. Hammond. Se não é você, tem alguma ideia de quem pode ser?

Eu tinha uma boa ideia de quem estava causando todo aquele drama, mas a história não era minha.

— Não tenho certeza, mas acho que vamos descobrir na reunião do conselho.

— Entrando. — A voz de Rhett preencheu o cômodo.

Sellers ficou com os olhos meio arregalados antes de acalmar a expressão.

— Estou aqui, dr. Hammond.

Meio que cobrindo os olhos com a mão e usando a outra para fingir estar tateando o caminho, ele entrou todo desajeitado no vestiário.

— Só para constar, não posso ver nada.

— Não há mais ninguém aqui além de mim e da srta. Daniels. — As risadinhas puseram fim a qualquer dúvida que eu pudesse ter de que ela tinha uma quedinha por ele. Nunca me considerei ciumenta, mas Rhett despertava esse meu lado mais territorial.

Meu Deus. Como Bridget consegue? Ela me contou histórias de cair o queixo sobre enfermeiras e residentes dando em cima do marido dela.

Rhett parou com a encenação, me puxou para seus braços e me girou.

— Os níveis de oxigênio da Paola já estão no menor índice do normal. Ela ainda não está fora de perigo, mas a menina é uma guerreira.

— Que incrível. — Prendi as mãos na nuca dele. — Eu sabia que ela ia conseguir.

Ele me colocou de pés, e me deu um beijo de revirar os dedos e que trouxe todo o meu corpo à vida. Quem precisava de café quando Rhett estava por perto?

Sellers nos encarou de boca aberta.

— Eu... é melhor eu ir. Estou na ronda da Delagarza hoje.

— Vá logo. Ela é conhecida por realocar os residentes que se atrasam — Rhett falou sem tirar os olhos de mim. — E, Sellers, obrigado por ajudar a minha *noiva* a encontrar os chuveiros. Eu assumo daqui.

Perguntas, e uma boa dose de decepção, dançaram pelo rosto da jovem antes de ela forçar um sorriso.

— O prazer foi meu e parabéns pelo noivado.

Esperei até que a porta se fechasse atrás dela antes de enfiar o dedo nas costelas dele.

— Por que disse isso a ela? Toda mulher desse lugar tem uma quedinha por você?

— Nem todas. — Ele pegou minha mão e me puxou para o boxe. — Mas você não tem nada com o que se preocupar. Sellers é mais eficiente do que um e-mail de marketing. Daqui a uma hora, todo o pessoal vai saber que estou fora do mercado.

— Estou preocupada. Sellers disse que estão correndo rumores sobre você.

— Pare de caçar problema e vá se arrumar para a reunião. — Ele pegou o meu rosto entre as mãos. — Como eu disse mais cedo: aconteça o que acontecer, vamos passar por essa *juntos*.

CAPÍTULO 28
Rhett

Na semana anterior, passei mais tempo na sala do conselho do que nos dois anos trabalhando no Memorial. Francamente, se eu nunca mais pisasse ali de novo, seria cedo demais.

Emily sentou ao meu lado usando uma camisa e calça de alfaiataria. Por algum milagre, provavelmente chamado Bridget Hogue, ela aplicou um pouco de maquiagem. Com exceção do coque apertado pingando água pelas costas da camisa azul-marinho, ela parecia profissional, bem diferente da pessoa de jeans rasgado e camisa esgarçada de hoje cedo.

Rivera entrou na sala e tomou assento na cabeceira da mesa. Ele olhou ao redor e franziu o cenho.

— Onde está a Delagarza?

Emily ficou tensa ao meu lado.

Por que caralhos ela precisava estar ali? Era ela a pessoa com a suposta informação em primeira mão?

— Acho que ela tinha cirurgia marcada hoje de manhã.

Rivera me ignorou e se dirigiu ao grupo.

— Obrigado por virem mais uma vez. Enquanto esperamos por Delagarza e pela nossa convidada, fico feliz em informar que correu tudo bem com a cirurgia beneficente desta manhã.

Vários dos presentes aplaudiram.

Emily me cutucou e arqueou uma sobrancelha.

Encolhi um ombro. Assim que descobri que não foi Emily que procurou o Rivera, presumi que Lila fosse a culpada. *Puta merda. Lila se consultou com a Delagarza no ambulatório. Elas estão juntas nessa?*

Lá do outro lado da mesa, Simon encontrou o meu olhar. A julgar pela cara dele, ele devia ter chegado à mesma conclusão que eu.

É claro, a porra da minha ex-mulher entrou na sala do conselho com a dra. Delagarza. Elas evitaram fazer contato visual comigo enquanto se sentavam à ponta mais afastada da mesa.

— Desculpem o atraso — pediu Delagarza.

Rivera olhou ao redor da mesa.

— Gostaria de começar dizendo que não se trata de uma investigação ética. Estamos aqui para ouvir as partes interessadas e permitir que o dr. Hammond responda às alegações. Qualquer procedimento formal resultante dessa reunião exigirá a presença do advogado do hospital.

Investigação ética? Advogado? Que porra era essa? Abri a boca para dizer que exigia a presença do meu advogado antes de dizer uma única palavra, mas Emily apertou minha mão por baixo da mesa.

Rivera fez sinal para Lila.

— Sra. Hammond, poderia, por favor, contar ao conselho sobre suas preocupações com a saúde mental do dr. Hammond e a atual condição de moradia?

Baixando a cabeça, ela disse:

— O meu marido...

— *Ex*-marido há oito anos. — Eu não podia acreditar no que estava acontecendo. A única coisa com a qual ela nunca tinha fodido era o meu trabalho. Mas, se ela prosseguisse com a gravidez, a pensão acabaria. Por que não acabar com a minha vida profissional, então?

Ela fez que sim, mas prosseguiu:

— Ele recebeu Emily Daniels e a menina colombiana na nossa casa.

— *Minha* casa.

— Dr. Hammond, por favor, deixe-a falar. O senhor terá a oportunidade de responder quando ela terminar. — Rivera me lançou um olhar de aviso e meneou a cabeça para Lila.

Torcendo as mãos, ela fez um show ao olhar feio de mim para Emily e caiu no choro.

— Tenho certeza de que é ilegal um médico viver com o paciente, mas ele já fez isso antes.

Meus ouvidos chiaram com o aumento da pressão arterial. Como eles podiam esperar que eu ficasse ali sentado e calado, ouvindo Lila assassinar o meu caráter?

— Ele fez a cirurgia da nossa filha de um ano e dois meses. — Lila vasculhou a bolsa atrás de um lenço. — Rhett... dr. Hammond insistiu que ele era a única pessoa capaz de salvá-la, mas ela morreu mesmo assim. Quando descobri que ele voltou a atender crianças, não pude acreditar.

— Por que, sra. Hammond? — O velhote de Relações Públicas perguntou em um tom calmo e excessivamente simpático.

— Ele teve muitos pesadelos e ataques de pânico depois da morte da Ashlyn. Ele inclusive chegou a ser hospitalizado.

Emily respirou fundo.

Ouvi o bastante. Eu preferia largar a porra do emprego a fazer Emily, ou eu, passar por mais um segundo daquilo.

— Em nenhum momento da minha vida eu fui hospitalizado por qualquer doença física ou mental.

A enfermeira do Controle de Qualidade, que tinha discutido sobre a satisfação dos meus pacientes, pigarreou:

— Isso pode ser esclarecido com facilidade. Basta ligar para a antiga psicóloga do dr. Hammond. Eu me lembro de as informações dela estarem listadas na documentação dele.

— Ela está certa. Embora eu tenha certeza de que perguntas sobre o histórico de saúde mental do candidato sejam ilegais, eu as respondi com honestidade. — Concentrei minha frustração em Rivera. — Não se lembra? Houve um atraso de três meses na minha contração porque o conselho exigiu uma revisão dos registros das minhas sessões de terapia.

Dois dos meus colegas médicos ali na mesa fizeram que sim.

Rivera passou a mão pela mandíbula.

— Vamos adiar a questão da saúde mental até que o conselho possa rever os seus arquivos com mais atenção.

Lila e Delagarza trocaram cochichos.

Franzindo o cenho, Rivera disse:

— Dr. Hammond, importa-se em dizer ao conselho por que decidiu deixar que a paciente se mudasse para a sua casa?

Retransmiti a informação sobre a família anfitriã da Paola e sobre o sistema imunológico estar comprometido.

— A srta. Daniels e eu somos velhos amigos. Fazia sentido que ela e a criança ficassem comigo. Como eu disse antes, Lila e eu estamos divorciados há oito anos. Durante esse período, ela se esforçou bastante para me atormentar.

— Atormentar você? — Lila soltou uma risada. — Você está delirando.

Delagarza cochichou alguma coisa para ela, mas Lila sacudiu a cabeça.

Olhei ao redor da mesa.

— Eu pedi demissão três vezes e me mudei para outros estados, para me livrar dela. No entanto, essa é a primeira vez que estou pedindo demissão por ela ter se envolvido diretamente.

O queixo de Emily caiu.

— Rhett, pense no que está dizendo.

Rivera se precipitou:

— Ninguém aqui está pedindo para que se demita.

Fiquei de pé.

— Com todo respeito, senhor. Eu me recuso a trabalhar em um lugar que faz os colaboradores passarem por um interrogatório desses. Não é apenas injusto, é insultante.

Assentindo, Simon disse:

— Concordo. Eu estava presente na noite de ontem quando o senhor abordou o dr. Hammond sobre essas alegações. O senhor tinha a responsabilidade de dizer o que ele estaria enfrentando hoje.

Rivera se encolheu.

Delagarza se recostou e cruzou os braços.

— Sente-se, dr. Hammond. Pense no seu filho não-nascido antes de largar o emprego.

Eu sabia, porra. Lila tinha feito muita coisa desprezível na vida, mas aquilo superava tudo. Passei as mãos pela cabeça.

— Delagarza, eu não sei qual é o seu papel nisso tudo, mas, se acredita que o que acabou de dizer é verdade, você precisa...

— Não. Aqui não. Nenhum deles vale a pena. — Emily puxou meu braço.

Simon veio em minha defesa:

— Não que seja da conta do conselho, mas, há menos de uma semana, Lila pediu que o dr. Hammond pagasse por uma inseminação artificial. Quando ele disse que não, ela ficou transtornada.

Emily assentiu.

— Ela tentou invadir a casa do dr. Hammond e exigiu dinheiro uma segunda vez, quando eu estava lá.

Todo mundo falou ao mesmo tempo. Os membros do conselho lançaram perguntas sobre o procedimento, comentários sobre desperdício de tempo e processos de recursos humanos para Rivera. Mas a única pessoa que me acusou de qualquer coisa foi Lila.

Peguei a mão de Emily, puxei até ela ficar de pé e saí da sala com ela ao meu lado.

Ela parou a meio caminho do corredor.

— Você acabou de pedir demissão?

— É, eu acho que sim. — Perceber isso deveria me deixar em pânico, mas eu me sentia estranhamente livre. — A Healing Hearts está contratando?

Emily riu.

— Sempre, mas o salário é uma droga e a carga horária é ainda pior.

— Vou arranjar alguma coisa em Orlando. Pelo que li, há escassez de médicos na Flórida.

Ela passou os braços ao redor da minha cintura.

— É verdade, mas e quanto à sua casa?

— Com toda a reforma que fiz, posso vendê-la e ter um bom lucro. — Não era assim que eu tinha imaginado que a conversa sobre onde moraríamos aconteceria. Para ser sincero, nunca imaginei que seria no corredor do hospital, nem que estaria desempregado e cogitando vender uma casa que eu amava. — Um novo começo soa bem.

— Hammond, um minuto. — Rivera se apressou na nossa direção com Delagarza em seus calcanhares.

Dei um passo para trás e me afastei de Emily, então enrijeci a coluna.

— Relaxa. Não tenho o costume de abrir processos. Já estive do lado desfavorecido por muitas decisões judiciais relativas à minha ex-mulher.

Aos arquejos e com o rosto vermelho, ele disse:

— Quero me desculpar pelo que aconteceu ali. Eu estava errado.

— Também te devo desculpas. — Delagarza parecia ter chupado limão. — Eu fiz o teste de gravidez da sua... em Lila.

Emily se virou para mim.

— Ainda não entendo por que ela pediu dinheiro para a inseminação se já estava grávida.

— A pensão que eu pago acaba se ela casar de novo ou se tiver outro filho.

— Casar, eu entendo, mas por que terminaria se ela estivesse solteira e grávida?

Dei de ombros.

— Foi mesquinho eu colocar isso no acordo de divórcio, mas, na época, me pareceu importante.

— Sabendo do que sei agora, tudo faz ainda mais sentido. Sua ex estava emotiva no dia em que ela foi à clínica e recebeu os resultados. Lila me contou detalhes muito íntimos do casamento de vocês. Presumi que ela dizia a verdade sobre a paternidade da criança e quis ajudar — relatou Delagarza.

Mesmo sabendo em primeira mão o quanto Lila podia ser manipuladora, eu não estava pronto para deixar Delagarza se safar.

— Você criou um vínculo pessoal com a paciente.

Os olhos dela se arregalaram, mas ela fez que sim.

— E aproveitou a chance de se vingar por ter sido removida do caso Flores.

Delagarza desviou o olhar.

— Sim.

Eu não tinha absolutamente nada a perder, então deixei rolar.

— E estava puta porque não aceitei sua proposta para trepar na sala de suprimentos.

Rivera gemeu.

— Alguém nesse hospital consegue se manter dentro da calça?

Emily apontou para mim.

— Ele consegue.

— Sim! — Delagarza jogou as mãos para o alto. — Sim. Eu estava com inveja e magoada e agi de forma totalmente inapropriada, mas não se demita por causa disso. Ouvi sobre o que fez com a Paola Flores. O Memorial precisa de um cardiologista pediátrico com as suas habilidades.

Rivera concordou com a cabeça.

— O que precisa para você ficar? É só dizer.

Ergui um dedo, envolvi o braço no de Emily e me afastei o bastante para poder falar com ela sem uma plateia.

— Você está pronta para tomar uma decisão ou devo dizer a eles que preciso de tempo para considerar minhas opções.

Ela me encarou, aqueles enormes olhos azuis buscando os meus.

— Precisamos conversar com a Zoe, mas eu quero morar aqui.

— E quanto ao seu trabalho?

— Posso fazer as coisas de rotina de qualquer lugar, mas viajo bastante. Como se sentiria com a minha mãe ajudando quando eu estiver fora?

Roçando meus lábios nos dela, sussurrei:

— Você vai parar de viajar quando tivermos outro filho?

— Só por você ter dito outro, como se considerasse a Zoe parte do acordo, significa muito para mim. — Ela secou os olhos. — Mas sim, quando decidirmos ter um bebê, eu paro de vagar pelo mundo... se você vagar comigo até lá.

— Fechado. — Segurei o rosto dela. — Estamos mesmo prontos para isso?

— Sempre acreditei em milagres, Rhett Hammond, mas nós somos a prova de que eles existem.

DOUTOR ARRASA-CORAÇÕES

EPÍLOGO
Rhett

Três meses depois

As duas princesas corriam pela íngreme estrada de terra. Usavam vestidos rosa-chiclete quase iguais, porque se declararam irmãs. Fisicamente, as meninas não podiam ser mais diferentes. Zoe, com o cabelo castanho-claro, olhos azuis e pele clara era vários centímetros mais alta do que a melhor amiga. Paola tinha ganhado peso desde a cirurgia, mas ainda era tão delicada quanto um filhote de passarinho.

— Não consigo acreditar no quanto ela está ativa agora. — Emily apertou meu braço e apoiou a cabeça no meu ombro.

— O caminho foi longo. — Apertei o passo. Não por termos pacientes esperando, cirurgias para fazer ou reuniões a comparecer. Como condição para ficar no Memorial, negociei folgas para poder viajar com minha noiva.

Fizemos uma viagem especial para uma aldeia remota nas cercanias de Bogotá. Emily acreditava que estávamos ali para devolver Paola para a família, mas eu tinha outros planos. Planos dos quais as princesinhas estavam por dentro.

Zoe acenou para nós a meio caminho do topo da montanha.

— Mamãe, anda. Você vai perder!

— Venha, srta. Emily! — Paola nos deu um aceno tímido, virou e saiu correndo.

Emily me olhou de soslaio.

— O que elas estão tramando?

— Não faço ideia. — Olhei para trás e pisquei para Simon e Bridget, meus cúmplices adultos.

Bridget arregalou os olhos e apontou para o alto.

O céu estava escurecendo rápido demais. Zoe estava certa. Se não chegássemos logo ao cume, nós perderíamos.

Meio arrastando Emily atrás de mim, eu disse:

— Vamos. Não é bom elas ficarem lá em cima sem ninguém olhando.

Ela riu.

— A família da Paola está lá. A mãe insistiu em nos preparar uma típica refeição americana.

— Verdade, mas estou morrendo de fome. — Pensei em jogá-la nas costas e carregá-la até o cume. Em vez disso, apelei para o lado competitivo dela. — Topa uma corrida?

Ela sorriu e sacudiu a cabeça.

— Com o vestido que você insistiu que eu usasse? Sério, Rhett? O que está acontecendo?

Bridget me salvou ao entrelaçar o braço no de Emily e ir na frente de mim e de Simon.

Ele bateu uma mão no meu ombro.

— Quando ela vai se mudar oficialmente?

— Só depois do casamento.

Eu odiava essa coisa de relacionamento a distância, mas decidimos esperar até o fim do período letivo por causa de Zoe. Não que a menina se importasse; ela já tinha reclamado para si o antigo quarto de Paola e a cabaninha de lençol.

Simon sacudiu a cabeça.

— Vocês já marcaram a data e ainda assim você está passando por toda essa amolação?

Já tivemos essa conversa umas cinquenta vezes, e eu fiz que sim, como sempre.

— Fiz uma promessa a ela e pretendo cumpri-la.

Ele jogou a cabeça para trás e riu.

— Estou te provocando, parceiro. É só que você está se esforçando tanto que vai acabar me fazendo parecer ruim em comparação.

— Não é problema meu você não ter aumentando o nível do seu jogo, Hogue.
— Dei uma corridinha para alcançar Emily antes que ela chegasse ao cume. —
Espera.

Simon e Bridget trocaram um olhar de cumplicidade e foram na nossa frente.

— Primeiro, você quase me arrasta aqui para cima e agora me pede para
esperar? — Ela pressionou as mãos no meu peito. — Você está prestes a fazer algo
maravilhoso, não está?

Droga. Forcei demais e agora estraguei a surpresa. Com a mão na bochecha
dela, sussurrei:

— É, agora vou beijar você.

Ela lambeu os lábios, e eu não pude esperar nem mais um segundo para
prová-la. Inclinando a boca sobre a dela, comecei lentamente. Um roçar de lábios e
uma pitada de língua, como fiz na primeira vez que a beijei. Ela fez um barulhinho
suave que me atravessou feito um raio. Tive que parar cedo demais, mas teríamos
bastante tempo para nos pegarmos quando estivéssemos sozinhos.

— Por que parou? Eu queria mais desses lábios maravilhosos.

— É só você fazer a minha vontade agora, e vou te beijar até o sol nascer. —
Entrelaçando os dedos com os dela, eu a levei até o alto da montanha.

Emily arfou.

— É lindo.

A família de Paola tinha se superado na preparação. Um arco de madeira
nodosa se erguia na planície ao longo do penhasco. Flores de todas as cores do
arco-íris delineavam o caminho e envolviam a estrutura. Dos dois lados havia
mesas cheias de comida e bebida e mais flores.

— Só espera. — Enquanto eu a levava até o arco, dei um aceno supersecreto
para as meninas.

Zoe foi correndo para um lado, e Paola foi às risadinhas para o outro.

Sorrindo, Emily olhou de uma para a outra, então se virou para mim.

— Você fez tudo isso por mim?

— Promessa é dívida.

— Do que você está falando?

Olhei para o horizonte.

— Olha.

Ela se virou, enquanto o sol mergulhava por trás das montanhas na linha do horizonte. O céu brilhava com raios alaranjados, vermelhos e violeta.

— Nunca vi um pôr do sol tão incrível.

Paola deu um passo à frente e entregou a Emily um buquê de flores preso com fitas multicoloridas.

— Obrigada. — Ela levou o ramalhete ao nariz, fechou os olhos e sentiu o aroma.

Enquanto ela estava distraída, me abaixei sobre um joelho e peguei sua mão livre.

Emily deu um passo para trás, como se tivesse perdido o equilíbrio.

— Rhett?

— Não caia, mamãe. — Zoe riu baixinho.

— Emily Elizabeth Daniels, eu a amo desde a quarta série. Por algum milagre, nós voltamos a nos encontrar. Desde aquele encontro às cegas horroroso, minha vida mudou. Você me ensinou a acreditar em mim, no amor e em milagres. Você me ensinou a amar de novo, a vida e a mim, mas, o mais importante, você me deu uma família.

Zoe deu um passo à frente e me entregou uma caixinha de veludo azul. Ela deu um sorrisão para a mãe e sussurrou:

— É um anel.

Concordando um pouco rápido demais, Emily fez uma cara estranha, como se não soubesse se ria ou chorava, mas aquela era a coisa mais linda que eu já tinha visto.

Pigarreei.

— Você me daria a honra de ser minha esposa?

— Sim! — Rindo em meio às lágrimas, ela se jogou nos meus braços.

— Espere até ele colocar o anel. — Zoe revirou os olhos e se juntou ao nosso abraço.

Para não ficar de fora, Paola se uniu ao amontoado.

— Vocês vão se casar agora?

Em espanhol, eu disse:

— Não, docinho. Não hoje.

— Meu pai é reverendo.

— O que ela disse? — Emily olhou de mim para ela.

— Ela quer que nos casemos agora. O pai dela é algum tipo de padre.

— Oh? — Emily sorriu e apontou para Simon e Bridget. — Já temos o padrinho e a madrinha.

Meu cérebro chiou até parar. *Ela está mesmo pensando no caso?*

— Pensei que esperaríamos até o verão.

— Devemos esperar. — Ela deu tapinhas nos lábios. — Nossas mães vão nos matar... ou podemos nos casar de novo no verão.

Gostei dessa ideia. Gostei pra caralho.

— É?

Zoe fez olhos de cachorrinho pidão.

— Vocês precisam. Como vão poder dormir sem ter o "felizes para sempre"?

A risada de Emily preencheu a noite.

— Vamos, então?

— Vamos.

Eu me casei com o meu amor de infância, o amor da minha vida, naquela noite, no alto de uma montanha nos Andes, e jamais me arrependi.

FIM

Entre em nosso site e viaje no nosso mundo literário.
Lá você vai encontrar todos os nossos
títulos, autores, lançamentos e novidades.
Acesse www.editoracharme.com.br

Você pode adquirir os nossos livros na loja virtual:
loja.editoracharme.com.br

Além do site, você pode nos encontrar em nossas redes sociais.

 https://www.facebook.com/editoracharme

 https://twitter.com/editoracharme

 http://instagram.com/editoracharme